ESSAY

KRITIK

MARGINALIEN

Susan Neiman, geb. 1955, Philosophin und Direktorin des Einstein Forums in Potsdam. 2020 erschien *Von den Deutschen lernen: Wie Gesellschaften mit dem Bösen in ihrer Geschichte umgehen können*. 2023 erscheint in mehreren Sprachen *Links ist nicht Woke*. – Der Text ist im Original im April 2023 in der *New York Review of Books* erschienen.

Thorsten Holzhauser, geb. 1985, Historiker. 2019 erschien *Die »Nachfolgepartei«. Die Integration der PDS in das politische System der Bundesrepublik Deutschland 1990–2005* und 2022 *Demokratie, Nation, Belastung. Kollaboration und NS-Belastung als Nachkriegsdiskurs in Frankreich, Österreich und Westdeutschland*.
holzhauser@stiftung-heuss-haus.de

Thomas Etzemüller, geb. 1966, Professor für Europäische Kulturgeschichte der Moderne an der Universität Oldenburg. 2021 erschien *Henning von Rittersdorf – Das deutsche Schicksal. Erinnerungen eines Rasseanthropologen. Eine Doku-Fiktion*; 2022 *Landschaft und Nation: Rhein – Darlarna – England*.
https://uol.de/thomas-etzemueller/

Jens-Christian Rabe, geb. 1977, Autor und Redakteur im Feuilleton der *Süddeutschen Zeitung*.
jens-christian.rabe@sz.de

Tatjana Noemi Tömmel, geb. 1980, Wissenschaftliche Mitarbeiterin an der Technischen Universität Berlin, Fachgebiet für Ethik und Technikphilosophie. 2013 erschien *Wille und Passion. Der Liebesbegriff bei Heidegger und Arendt*.

Volker Hage, geb. 1949, Literaturkritiker, Autor. 2022 erschien *Was wir euch erzählen. Schriftstellerporträts* 2 und 2018 der Roman *Des Lebens fünfter Akt*.

Wolfgang Fach, geb. 1944, Professor emeritus für Politische Theorie und Ideengeschichte an der Universität Leipzig. 2020 erschien *Trump: Ein amerikanischer Traum?*

Richard Schuberth, geb. 1968, Schriftsteller, Essayist. 2022 erschien *Die Welt als guter Wille und schlechte Vorstellung* und 2021 *Lord Byrons letzte Fahrt*.
www.richard-schuberth.com

David Gugerli, geb. 1961, seit 1997 Professor für Technikgeschichte an der ETH Zürich.

ZU DIESEM HEFT

Was wird man seinem 2021 geborenen Enkel alles erklären müssen, wenn man ihm eine Vorstellung des Jahres 1963 vermitteln möchte? Diese Frage stellt sich Volker Hage, seinerseits geboren 1949. Im Sommer 1963 saß er am Esstisch der elterlichen Wohnung in Travemünde, das damals direkt an der deutsch-deutschen Grenze lag, und klebte Zeitungsausschnitte vom Deutschlandbesuch John F. Kennedys in sein Tagebuch. Beim Versuch, sich das Lebensgefühl jener Zeit wieder in Erinnerung zu rufen, wird ihm bewusst, wie massiv nicht nur die politischen Rahmenbedingungen sich von denen der Gegenwart unterscheiden. Auch technologisch war das Leben auf nahezu allen Ebenen auf entscheidende Weise anders gerahmt.

Wer die Erfahrungswelten der Nachkriegsjahrzehnte vergegenwärtigen will, ist deshalb zunehmend darauf angewiesen, sie unter Bezug auf das Moment des Noch-Nicht zu beschreiben: noch keine privaten Desktop-Computer, keine Mobiltelefone, kein Internet etc. Wie umfassend technologische Innovationen die alltägliche Lebenswelt in der zweiten Hälfte des 20. Jahrhunderts umgestaltet haben, macht Thomas Etzemüller am Beispiel des Bahnverkehrs eindrucksvoll sichtbar. Anhand alter Kursbücher rekonstruiert er den grandiosen Aufwand, mit dem der komplexe Betrieb unter den technologischen Bedingungen des analogen Zeitalters geplant, gesteuert und aufrechterhalten werden musste. Dabei geht es ihm weniger um eine Feier der technischen Leistungen dieser Zeit – Etzemüller spricht von der »schwerfälligen Moderne« – als vielmehr darum, die grundlegend »andere Taktung des Lebens« anschaulich werden zu lassen, die sich aus so schlichten Umständen ergab, dass beispielsweise die Türen jedes Waggons jedes Personenzugs allesamt von Hand geschlossen werden mussten.

CD/EK

Susan Neiman

Tiefe Eindrücke

Zu Jerry Z. Mullers Jacob-Taubes-Biografie

Charisma ist, ähnlich wie Pornografie, leicht zu erkennen, aber schwer zu definieren. Der (hier verkürzt zitierte) Definitionsversuch von Max Weber grenzt an eine Tautologie: »›Charisma‹ soll eine als außeralltäglich geltende Qualität einer Persönlichkeit heißen, um derentwillen sie als mit übernatürlichen oder übermenschlichen oder mindestens spezifisch außeralltäglichen Kräften oder Eigenschaften begabt gewertet wird.« Die Sozialwissenschaft kam auch später nicht viel weiter – obwohl Karriere-Coaches und Berater von Managern immer noch versuchen, Charisma auf Aspekte herunterzubrechen, die man sich aneignen könnte. Charisma entzieht sich jeder Erklärung. Es ist eine Eigenschaft, die wir an anderen Menschen sofort bemerken, aber selten an uns selbst. Es ist weder eine Frage von Intelligenz (obwohl Gewitztheit sicherlich förderlich ist) noch von Kompetenz (die einem charismatischen Auftreten oft eher hinderlich ist). Charisma ist wesentlich erotisch, aber nicht unbedingt sexuell. Das Rätsel um Charisma veranlasste die frühen Griechen, es als eine Gabe der Götter zu betrachten: Charisma sei etwas, das man nicht kultivieren kann, sondern eher verliehen bekommt. Beschreibungen von Charisma greifen unweigerlich auf Lichtmetaphern zurück: Charismatische Menschen sind schillernde Persönlichkeiten, sie haben große Ausstrahlung – oder blenden uns.

In einem Punkt waren sich alle, die Jacob Taubes persönlich kannten, einig: Charisma hatte er. Bei praktisch jeder anderen Aussage über ihn gingen die Meinungen auseinander. Der 1923 in Wien geborene und 1987 in Berlin gestorbene Philosoph und Rabbiner entstammte einer langen Reihe jüdischer Gelehrter. Für Charisma war er nachgerade berühmt, obwohl ich es bei der ersten Begegnung kaum bemerkte. Ich traf ihn 1983 in der Wohnung seiner Frau, der Philosophin Margherita von Brentano, mit der mich die gemeinsamen Interessen für Kant, die Aufklärung und die Kritische Theorie verbanden. Ich sah mich konfrontiert mit der süßen jüdischen Melancholie eines Mannes, den diverse psychische und körperliche Gebrechen weitaus älter aussehen ließen als seine 59 Jahre und der sehr viel harmloser schien als die Gerüchte, die über ihn im Umlauf waren.

Es brauchte nur zehn Minuten seiner Nietzsche-Vorlesungen einige Monate später, da hatte ich es verstanden. Selten war ich so in Bann geschlagen. Es lag nicht an seiner Gelehrsamkeit oder rhetorischen Begabung, obwohl er in sechs Sprachen brillieren konnte. Taubes stellte Fragen, die sonst niemand zu stellen wagte. Diejenigen, die Nietzsche lasen, taten dies damals mit den Augen Walter Kaufmanns, der behauptet hatte, der arme Nietzsche sei verhunzt worden, seine Schriften habe seine Nazi-Schwester verfälscht, als er schon von Syphilis und Wahnsinn gezeichnet war. Taubes liebte Nietzsche sehr. Und doch brachte er es zustande, in einem Berliner Auditorium zu stehen, Himmler zu zitieren, die antisemitischsten Passagen aus Nietzsches *Die fröhliche Wissenschaft* vorzulesen und dann zu fragen, worin wohl ihr Bezug zu den Gaskammern bestehe. Zwischendurch erzählte er die besten jüdischen Witze, die ich je gehört habe. Bot er Antworten auf die Fragen an, die er aufwarf? Nicht in einer Form, dass ich mich an sie erinnern könnte. Aber seine Ausführungen waren auf eine Weise tiefgründig, die den Gebrauch des Wortes »tiefgründig« oberflächlich wirken lässt, und mutig auf eine Weise, die die Verzagtheit des üblichen Denkens umso deutlicher sichtbar werden ließ.

Das alles ergab eine Sogwirkung, die jungen Studierenden der Philosophie den Kopf verdrehen konnte. Ich war zum Glück alt genug, Dankbarkeit dafür zu empfinden, dass Taubes nicht der erste charismatische Lehrer war, dem ich begegnete, so dass ich die Erfahrung voll ausschöpfen konnte, ohne von ihr überwältigt zu werden. Und da es im Berlin der 1980er Jahre nicht gerade von jüdischen Intellektuellen wimmelte, schätzte Taubes im Gegenzug die Gesellschaft von jemandem, der seine Witze und viele seiner Anspielungen verstand. Es befeuerte seine Vision von einer Renaissance des deutsch-jüdischen Lebens, an der er Zeit seines Lebens festhielt.

Ob im Vorlesungssaal oder in seinem Berliner Stammlokal, der Paris Bar, Taubes konnte über den Talmud ebenso gut reden wie über Nietzsche, über die Frankfurter Schule ebenso wie über die Evangelien, über die neueste französische Literaturtheorie ebenso wie über Kafka oder die Kabbala. Er konnte derart gut über alles reden, dass sich misstrauische Kollegen sogar einen fiktiven mittelalterlichen Philosophen ausdachten, um zu sehen, ob sich Taubes zu Aussagen darüber hinreißen ließ, wie der erfundene Denker damals die Kluft zwischen Thomas von Aquin und Duns Scotus überbrückt habe. In seiner soeben erschienenen Biografie *Professor der Apokalypse* gibt Jerry Z. Muller drei verschiedene Kollegenpaare als Quelle für diese Geschichte an, die oft als Beweis dafür herhalten muss, dass Taubes ein Hochstapler gewesen sei.[1] Es steht außer Frage, dass er es mit der Wahrheit nicht immer genau nahm. Auch wenn das Wort »Scharlatan« gelegentlich treffend

1 Jerry Z. Muller, *Professor der Apokalypse. Die vielen Leben des Jacob Taubes.* Aus dem Englischen von Ursula Kömen. Berlin: Suhrkamp 2022.

war, offenbart die Anekdote doch, mit wem man es hier zu tun hatte: Wie begabt muss jemand sein, um aus dem Stegreif Spekulationen darüber anstellen zu können, welche Positionen ein etwaiger mittelalterlicher Philosoph, der thomistisches mit scotischem Denken verband, *vertreten haben würde*?

Taubes hatte sowohl in religiösen als auch in weltlichen Belangen eine außergewöhnliche Bildung genossen. Sein Vater war ein Rabbiner, der das Glück hatte, Wien bereits 1936 in Richtung Zürich verlassen zu haben. Der engste Familienkreis blieb deshalb verschont, gleichwohl wurden viele Verwandte im Holocaust ermordet. Beide Eltern befolgten die Gesetze des orthodoxen Judentums, waren aber auch in weltlichen Belangen hochgebildet. Taubes promovierte im Alter von dreiundzwanzig Jahren und wurde ein Jahr darauf zum Rabbiner ordiniert. Da es in der Schweiz für einen staatenlosen jüdischen Intellektuellen keine berufliche Perspektive gab, ging er 1947 nach New York. Die Stadt blieb – abgesehen von ein paar Jahren in Jerusalem und Cambridge – sein Lebensmittelpunkt, bis er sich 1966 in Berlin niederließ. Er studierte am Jewish Theological Seminary, lehrte in Harvard und Princeton und erhielt 1956 eine feste Professur an der Columbia University.

Schon in jungen Jahren als Wunderkind gepriesen, noch dazu in zwei verschiedenen geisteswissenschaftlichen Disziplinen, hat Taubes immer wieder stolz verkündet, er kenne alles und jeden, die zu kennen sich lohne. In einer Zeit, in der Intellektuelle über Ländergrenzen hinweg weitaus weniger miteinander vernetzt waren als heute, diente dieses Wissen der gegenseitigen Befruchtung von Denktraditionen und machte ihn zu einem unschätzbaren Berater, Herausgeber von Buchreihen und Organisator von unzähligen Konferenzen und Salons. Trotzdem fragt Muller in seinem Buch: Was rechtfertigt eigentlich eine neunhundert Seiten starke Biografie über einen charismatischen Mann, der am Ende nicht mehr als tiefe Eindrücke hinterlassen hat? Nur vier schmale Bücher gibt es von Taubes, eines davon eine Dissertation, die anderen drei sind kurze Essays oder Vorträge, die nach seinem Tod transkribiert wurden. So interessant sie auch sein mögen, sind sie doch eher Fragmente als vollständige Werke.

Der unvergessliche Einfluss, den Taubes ausübte, hatte mit seiner Person zu tun. Wenn sich ein charismatischer, vielsprachiger Mann in den Jahren 1947 bis 1987 zwischen Zürich, New York, Cambridge, Berlin, Paris und Jerusalem bewegte, konnte er fast der gesamten westlichen Intelligenzija über den Weg laufen. Theodor Adorno, Louis Althusser, Hannah Arendt, Daniel Bell, Hans Blumenberg, Pierre Bourdieu, Stanley Cavell, Paul Celan, Noam Chomsky, Emil Cioran, Jacques Derrida, Paul Feyerabend, Nathan Glazer, Jürgen Habermas, Eric Hobsbawm, Alexandre Kojève, Alexandre Koyré, Paul Ricœur, Gershom Scholem, Carl Schmitt, Susan Sontag und eine ganze Reihe weniger bekannter Persönlichkeiten kommen in Mullers Buch zu Wort. Sie waren Taubes' ständiger Umgang. Mit den meisten unterhielt er lange Briefwechsel, mit einigen erbitterte Dispute, mit anderen Liebesaffären. Sein Biograf gibt zu, dass es sich bei *Professor der Apokalypse* ebenso sehr um das Porträt einer Epoche handelt wie um das eines Menschen.

Mullers Porträt des Menschen käme der Wahrheit näher, wäre ihm das Porträt der Zeit besser gelungen. Bei all seiner Gelehrsamkeit versäumt er es jedoch, die nötigen Hintergrundinformationen über das Nachkriegsdeutschland zu geben, in dem Taubes die letzten sechsundzwanzig Jahre seines Lebens verbrachte. Manches davon mag außerhalb der akademischen Welt trivial erscheinen: Deutsche Professoren überlassen einen Großteil ihrer Arbeit ihren wissenschaftlichen Mitarbeitern, die mit amerikanischen *assistant professors* fast nichts gemeinsam haben, vom befristeten Arbeitsvertrag einmal abgesehen. Noch heute wird so mancher wissenschaftliche Text, der unter dem Namen eines Lehrstuhlinhabers erscheint, von dessen Mitarbeitern verfasst. In deutschen Seminaren stellen üblicherweise die Studierenden ihre Ausarbeitungen vor, die der anwesende Professor lediglich kommentiert. Weil Muller das unerwähnt lässt, zugleich aber akribisch dokumentiert, welcher Mitarbeiter welche Aufgabe übernahm, erweckt er den Eindruck, Taubes sei faul, verrückt oder skrupellos gewesen. Tatsächlich aber war er lediglich Teil eines Bildungssystems, das amerikanische Akademiker – durchaus zu Recht – als schockierend empfinden. Noch mehr fällt allerdings ins Gewicht, dass Muller auch ausblendet, wovon man in Deutschland damals nach wie vor lieber schwieg.

Wer Taubes persönlich oder zumindest aus Erzählungen kannte, hat Mullers Buch, an dem er immerhin zwanzig Jahre lang arbeitete, mit Spannung erwartet. Denn so viele Fragen waren offen geblieben. Gershom Scholem, der den hochgelobten Taubes eingeladen hatte, seine Studien bei ihm in Jerusalem fortzusetzen, bezeichnete ihn als von Dämonen besessen und schickte ihn zurück nach New York. Allerdings kursierten von dieser Geschichte vier unterschiedliche Versionen. Welche war die zutreffende? Und warum zog es einen Mann, der sich selbst als »Erzjude« bezeichnete, in die Gesellschaft von Nazi-Intellektuellen? War es Ausdruck seiner Freude an Widersprüchen, wenn er jegliches liberale Verständnis des Judentums verachtete, andererseits aber die meisten der 613 Gebote der Halacha brach? Flirtete er mit dem Christentum, oder mühte er sich an ihm ab? Selbst für diejenigen, die geneigt waren, ihm viel zu verzeihen, war klar, dass Taubes gelogen, betrogen und Herzen gebrochen hat. Charisma ist, ganz den griechischen Göttern entsprechend, die es ursprünglich zuteilten, keine moralische Kategorie. Jacob Taubes hinterließ eine Schneise der Verwüstung wie der Faszination, und oftmals beides zugleich. Mullers Buch trägt den Untertitel »Die vielen Leben des Jacob Taubes«. Man hatte gehofft, es würde die vielen unterschiedlichen Facetten zu einem Gesamtbild zusammenführen – oder zumindest einige der Fragen beantworten, die dieses Leben und diese Person aufwarfen.

Stattdessen liefert Muller, ein emeritierter Professor für Ideengeschichte, ein Kompendium von Antworten, die er aus umfangreichen Archivrecherchen und über hundert Interviews gewonnen hat. Er versucht nicht, sie zu gewichten. Die Entscheidung der Frage, ob Jacob Taubes ein intellektueller Scharlatan oder ein brillanter Denker war, überlässt er letztlich seinen Lesern. Das ist eine Strategie, die auf Objektivität abzielt, aber Muller hätte diesbezüglich etwas von den Pluralismus-Analysen von Taubes und Brentano lernen können – oder von dem, was ihr Freund Herbert Marcuse »repressive Toleranz« nannte. In Ermangelung eines eigenen Standpunkts, eines Leitmotivs oder eines roten Fadens bleibt am Ende nur eine Anekdotensammlung über einen komplizierten Mann. Kein Wunder, dass Leser, die auf Sensationen aus waren, die schlimmsten herausgegriffen und reißerische Schlüsse daraus gezogen haben. Wer auf offene Fenster zu Taubes' Leben gehofft hatte, legt den schweren Band mit dem beklommenen Gefühl aus der Hand, durch ein Schlüsselloch gespäht zu haben.

Häufig stellt das Buch die Frage: Warum hat Taubes so wenig zu Papier gebracht? Tatsächlich hat Taubes mehr geschrieben, als Muller suggeriert, wenn auch nicht in der Form von Wälzern, wie sie deutsche Philosophen für unabdingbar halten. Noch wichtiger: Die Frage verrät Unkenntnis in Bezug auf die Philosophie des 20. Jahrhunderts, die sich ja gerade an der Frage abgearbeitet hat, ob es überhaupt möglich sei, Philosophie zu schreiben. Das trieb die Disziplin auf beiden Seiten des Atlantiks gleichermaßen um. Im Philosophieinstitut von Harvard lautete das Problem: Wie ist Philosophie nach Wittgenstein möglich? Die Frage, die Denker in Frankfurt und Berlin umtrieb, war hingegen: Wie ist Philosophie nach Auschwitz möglich? Stanley Cavell brachte es 1968 auf den Punkt, dass »in der Philosophie heute das Gespenst des Sokrates umgeht«, eine Anspielung auf einflussreiche angloamerikanische Philosophen, die wie Sokrates so gut wie keine Bücher herausbrachten. Selbst Wittgenstein veröffentlichte nur eine Dissertation, die er noch dazu später widerrief; ansonsten besteht sein Werk aus Notizen, die Studenten nach seinem Tod zusammenstellten. Die meisten davon sind unbeantwortete Fragen. Vielleicht, so Cavell, haben wir kein besseres Vorbild als die sprichwörtliche Stechmücke des Sokrates, die andere aus ihrer Selbstgefälligkeit herausreißt, ohne aber einen Ausweg aus den aufgeworfenen Dilemmata anzubieten. Richard Rorty ging noch weiter und erklärte, die Philosophie sei endgültig in einer Sackgasse angelangt.

In Amerika und England tobten solche Debatten in den philosophischen Fakultäten. In Deutschland wurden sie auch von Politikern diskutiert und füllten regelmäßig Zeitschriften und Radiosendungen. Philosophen wie Adorno und Horkheimer in Frankfurt und Brentano in Berlin waren der Meinung, die Philosophie müsse die Frage beantworten, um die die Historiker jener Zeit einen weiten Bogen machten: Wie war der Faschismus möglich? Was konnte man tun, um sicherzustellen, dass er sich nie wieder ereignete?

Diese Frage trieb auch Taubes um, aber er betrachtete sie von einer höheren Warte aus: Die zwei Weltkriege mochten die Krise des Denkens deutlich ans Licht gebracht haben, aber ihre Wurzeln reichten Jahrhunderte zurück. Viele, wie Rorty, sahen ihren Ursprung in dem Mann, den Moses Mendelssohn »der alles zermalmende Kant« genannt hatte. Immanuel Kant hatte mit seinen Kritiken argumentiert, dass viele klassische Fragen der Philosophie nicht zu beantworten sind. Da die Philosophie nicht mehr in der Lage sei, das Wesen Gottes oder der Freiheit zu ergründen, könne sie sich fortan nur noch damit beschäftigen, die Bedingungen von Erkenntnis zu analysieren. Ich habe an anderer Stelle gegen eine solche Deutung von Kants Werk argumentiert, aber niemand kann bezweifeln, dass seine Schriften zur Aufspaltung zwischen philosophischen und theologischen Fragen führten. Als Nietzsche Gott für tot erklärte, war die Trennung zwischen den beiden Bereichen längst so weit fortgeschritten, dass die meisten der im 20. Jahrhundert verfassten Darstellungen der Philosophiegeschichte die Fülle des religiösen Gärstoffs, der die Werke früherer Denker durchtränkt hatte, einfach außen vor ließen. Selbst diejenigen Ideenhistoriker, die nicht dem Positivismus anhingen, hielten sich vornehmlich an eine Auslegung von Quines »principle of charity«, wonach wir Ideen, die für uns keinen Sinn mehr ergeben, am besten taktvoll ignorieren sollten – so wie man auch bei den wunderlichen Schwärmereien einer alternden Großtante ein Auge zudrückt.

Für Taubes lag die Erklärung für Faschismus und Holocaust in der Religion, was ihn bis zu den Evangelien zurückführte. Die Versuche der Nazis, den Antisemitismus in rassistischer Pseudowissenschaft zu begründen, hielt er für Firlefanz; viel wichtiger sei der Antijudaismus des frühen Christentums. Taubes war nicht der einzige Philosoph auf dem Kontinent, der die scharfe Trennung zwischen Religion, Philosophie und Politik problematisch fand. Manche, darunter Carl Schmitt, gingen sogar so weit zu behaupten, dass säkulares Denken und Politik lediglich ein neues rationalisiertes Gewand für alte theologische Ideen seien, die tiefer wurzelten als die Vernunft. Karl

Löwith, Hans Jonas und Hans Blumenberg sahen das ambivalenter. Taubes' Arbeit legt nahe, dass die theologischen Begriffe in seinem Denken die erste Stelle einnahmen.

Obwohl er disziplinäre Territorialansprüche so verachtete wie andere Grenzziehungen auch, äußerte er schon früh den Wunsch, Theologe zu werden. Hat Taubes eine eigene Theologie entwickelt? Mindestens zwei, müsste man eigentlich sagen, weshalb sich viele fragten, ob sich sein religiöses Interesse nur aus den Überresten seiner orthodoxen Erziehung speiste, mit der er nicht fertig wurde, oder ob sein Ringen um religiöse Fragen nur Schauspiel war. Manchmal mag es so ausgesehen haben. Er brachte es fertig, eine *Brit Mila* zu sprengen, weil ihm die Durchführung der Beschneidungszeremonie zu liberal erschien und der Bedeutung des Rituals innerhalb der halachischen Vorschriften nicht Genüge tat. Doch in derselben Stadt, im selben Monat, lud er Gäste zu einer Dinnerparty ein, bei der es als Hauptgang einen großen Hummer gab. (»Ich bin ein *orthodoxer* Sünder«, sagte er dann grinsend, denn Hummer gehört zu den Speisen, die nicht koscher zubereitet werden können.) Der damit zum Ausdruck gebrachte Antinomismus hat seine Wurzeln nicht nur in den Bräuchen der Anhänger des als Messias auftretenden Schabbtai Zwi aus dem 17. Jahrhundert, sondern auch beim Apostel Paulus, der argumentierte, nichtjüdische Christen bräuchten die jüdischen Gebote nicht zu befolgen, da es allein auf den Geist ankomme. Das war eine plausible philosophische Position, doch genauso gut konnte es sich um eine zynische Begründung des eigenen Lifestyles handeln. Bei Jacob Taubes war alles überdeterminiert.

Im Jahr 1945 notierte Hannah Arendt, das Problem des Bösen sei das Problem schlechthin des europäischen Nachkriegsdenkens. Sie sollte nicht Recht behalten. Abgesehen von einer Handvoll deutscher Philosophen – alle jüdisch, außer Brentano – scherte sich die Philosophie nicht groß um die Fragen, die das 20. Jahrhundert erneut aufgeworfen hatte. Nichtjüdische Philosophen, die sich während des »Dritten Reiches« duckmäuserisch an ihre Lehrstühle geklammert hatten, waren wohl kaum geneigt, solche Fragen zu diskutieren. John Rawls als typischer Vertreter der englischsprachigen Welt sagte mir einmal, das Problem des Holocaust »sei das moralische Problem des 20. Jahrhunderts«, erklärte aber, er verstehe es zu wenig, als dass er es angehen könne. »Wie du weißt, sind die Ereignisse von 1933 für mich zu verdammt ernst, um sie zu den Akten zu legen«, schrieb Taubes an einen Freund über seine Unentschlossenheit, nach Deutschland überzusiedeln. »Aber wo sind heutzutage die Menschen, die sich mit den Fragen, die diese Ereignisse an uns stellen, noch beschäftigen?« Muller zitiert das und hat dann auch nur eine Frage: »War das eine Erklärung oder eine Rechtfertigung?« Eine Rechtfertigung wofür? Taubes hatte eine feste Stelle und ein gutes Standing im kulturellen Leben von New York City, aber die angloamerikanische Philosophie hatte kein Interesse an den Fragen, die ihn bewegten. Ein angesehener Oxbridge-Philosoph erklärte mir gegenüber kürzlich, die Akzeptanz des Faschismus durch die deutschen Intellektuellen werfe für ihn keine größeren philosophischen Probleme auf als ein Mann, der glaubt, er sei eine Teekanne: »Beide sind einfach durchgeknallt.«

Das stellte Taubes aber genauso wenig zufrieden wie die Beschreibung von Nazi-Intellektuellen als brutale Schweine. Seiner Meinung nach stellte der Holocaust erneut die Frage nach dem Gnostizismus, also der Vorstellung, dass die Welt aus einem ewigen Kampf zwischen guten und bösen Kräften besteht. Folgt man dem Philosophen Pierre Bayle aus dem 17. Jahrhundert, ist das sogar die Hypothese, die angesichts des Weltgeschehens am meisten Sinn ergibt. Sicherlich erklärt sie den Lauf der Welt besser als die jüdisch-christliche Vorstellung von einem Schöpfer, der von Grund auf wohlwollend ist und uns dazu anhält, es ebenfalls zu sein. Doch obwohl der Gnostizismus so viel für sich zu haben schien, zögerte Taubes. Für jemanden, der dem Holocaust so knapp entkommen war, war die Vorstellung einer Welt ohne Erlösung aus dem Kreislauf von Gut und Böse unerträglich. Wenn man aber Erlösung ernst nehmen wollte, so mussten selbst Menschen wie Carl Schmitt und Hitler als erlösbar vorgestellt werden können.

Die Sehnsucht nach Erlösung nährte Taubes' Faszination für den Apostel Paulus, der sich den Heiden zuwandte und doch dem Judentum nie den Rücken kehrte. Während die meisten Juden froh waren, dass Papst Johannes XXIII. versuchte, die Kirche vom Antisemitismus zu befreien, hielt Taubes den Antisemitismus für untrennbar mit dem Christentum verbunden. Nach der paulinischen Theologie bedeutete die Weigerung der Juden, Jesus als Messias anzuerkennen, dass sie ihre Rolle als auserwähltes Volk aufgaben, die damit auf die Christen überging. Der dadurch entstandene Konflikt sollte die nächsten zwei Jahrtausende vergiften. »Hätten wir ihn akzeptiert, wäre er *tatsächlich* der Messias gewesen«, sagte Taubes auf dem Sterbebett.

Taubes war sein Leben lang hin- und hergerissen zwischen dem Wunsch, die Spaltung zwischen Judentum und Christentum, insbesondere zwischen Deutschen und Juden, zu überwinden, und seinen Zweifeln daran, dass dies überhaupt möglich sei. Obwohl Muller Taubes' frühe Formulierung des Dilemmas in einem Aufsatz einmal als »offene Wunde in seiner Seele« beschreibt, ist er blind für dessen zentrale Bedeutung für seine wichtigsten

Beziehungen. Muller beschreibt ausführlich Gershom Scholems Zurückweisung von Taubes im Jahr 1951 sowie Taubes' lebenslanges Bestreben, die Gunst seines Mentors zurückzuerlangen. Doch was auch immer die Gründe für Scholems Ablehnung von Taubes waren, jede Chance auf Wiedergutmachung war zunichte, als dieser nach Berlin ging. Scholem hatte sein ganzes Leben der Einsicht gewidmet, dass die deutsch-jüdische Symbiose Lug und Trug gewesen war: Die jüdische Liebe zur deutschen Kultur war nicht erwidert worden. Taubes hingegen versuchte mit seinem eigenen Leben das Gegenteil zu beweisen: Geschichte kann ungeschehen gemacht werden, Hitler wird nicht das letzte Wort behalten. Seine wiederholten Versuche, Scholem dazu zu bewegen, ihre Beziehung zu überdenken, waren sicher zum Teil der Hoffnung geschuldet, den Segen des Meisters oder zumindest Vergebung für seine Lebensentscheidungen zu erhalten. Nach einer quälenden Zeit der Unentschlossenheit entschied er sich für Berlin, wo er dann den größten Teil seiner letzten sechsundzwanzig Jahre mit seiner zweiten Frau, Margherita von Brentano, verbrachte.

Die 1922 geborene Brentano war der brillante und schöne Spross einer angesehenen deutschen Familie, aus der Schriftsteller, Philosophen und Diplomaten hervorgegangen waren. Ihr Vater war Botschafter im Vatikan, sie selbst wurde von dem späteren Papst Pius XII. getauft, verließ aber die Kirche, als ihr deren Kooperation mit den Nazis deutlich wurde. Zu einer Zeit, als die meisten Westdeutschen, die sich selbst gern als die schlimmsten Opfer des Krieges verstanden, diesen einfach vergessen wollten, war Margherita von Brentano eine engagierte Antifaschistin. (Es ist, gelinde gesagt, seltsam, dass Muller dieses Engagement als »zentral für ihr Selbstverständnis« bezeichnet, als handele es sich dabei um eine Form von Narzissmus.) Brentano schrieb bei Heidegger eine Dissertation über Aristoteles, danach arbeitete sie jahrelang beim Südwestfunk. Brentano verfasste und produzierte unter anderem die ersten deutschen Radiosendungen über den Holocaust. Einige Jahre später kam sie als Assistentin an die neugegründete Freie Universität Berlin und hielt dort die ersten Seminare über Antisemitismus. Jahrzehnte später war sie maßgeblich an der Errichtung des berühmten Berliner Holocaust-Mahnmals beteiligt.

Heute, wo das Bewusstsein über den Holocaust so zentral für die deutsche Identität ist, dass die Gefahr einer Übersättigung besteht, ist es schwer, sich vor Augen zu führen, wie radikal Brentanos Engagement war. Damals neigten auch viele Intellektuelle dazu, in den Konsens einzustimmen, der in der Adenauer-Ära entstanden war: *All das* – der Holocaust wurde selten beim Namen genannt – sei zwar furchtbar gewesen, aber Krieg sei halt immer schrecklich. Jeder leidet, und jeder sündigt. Die Verantwortlichen waren tot oder hatten in Nürnberg ihre Strafen bekommen, die anderen waren kleine Rädchen im Getriebe gewesen. Was hätte man auch tun sollen, ohne sein Leben aufs Spiel zu setzen? Das deutsche Volk, das von ein paar Verbrechern in die Irre geführt worden sei, habe ja nicht ahnen können, was in seinem Namen im Osten geschah.

Vergeben und Vergessen war das Gebot der Stunde, dem Brentano nicht folgen wollte. Nachdem sie und Taubes mehrere turbulente Jahre zusammengelebt hatten, beschlossen sie schließlich zu heiraten, und er stellte sie in Zürich seiner Familie vor. Nach dem Sabbat-Gottesdienst und dem Mittagessen am Familientisch suchte Rabbi Zwi Taubes nach Anknüpfungspunkten für ein Gespräch mit seiner zukünftigen Schwiegertochter. In dem Bemühen, eine Brücke zu der deutschen Adeligen zu schlagen, äußerte sich der älteren Taubes positiv über Konrad Adenauer. Brentano wollte davon nichts wissen; sie nannte den langjährigen Kanzler einen Heuchler, dessen rechte Hand ein bekannter Nazi war, wie die meisten Mitglieder des öffentlichen Dienstes. Mir hat Taubes einmal gesagt, sie sei die einzige Deutsche, der er völlig vertraue.

Warum also missversteht Muller die Beziehung, die Taubes' Sohn Ethan als die Achse im späteren Leben seines Vaters bezeichnet hat, auf so groteske Weise? Er räumt zwar ihr »gemeinsames Interesse an Philosophie und Marxismus« ein, konzentriert sich aber auf ihre Differenzen, und zwar in einer stupend banalen Aufzählung, die mit der Feststellung »sie hatte einen Sinn für Mode, er nicht« beginnt und mit der Tatsache endet, dass sie Zigaretten und er Pfeife rauchte. Taubes' Bekenntnis zu Brentano muss auch als Haltung eines Juden verstanden werden, der entschlossen war, sich mit anständigen Deutschen auszusöhnen, und eines unbeständigen Mannes, der Brentanos unerschütterliche Integrität bewunderte. Für Taubes' Verständnis war diese Verbindung zwar durchaus vereinbar mit zahllosen Affären, die auch seine erste Ehe belastet hatten. Doch die Beziehung zu Brentano war ein Schlüssel zu seinem Charakter, und trotz wiederholter Streitigkeiten und einer Scheidung lebten sie bis zu seinem Tod meist in nebeneinander liegenden Wohnungen.

Ist Mullers Unfähigkeit, Taubes' zweite Ehe zu verstehen, das Ergebnis von ganz gewöhnlichem Sexismus? Im Kapitel über die Beziehungen, die Taubes in Berlin knüpfte, werden die Männer mit vollem Namen genannt und ihre Leistungen skizziert, während im Abschnitt »Taubes und seine Frauen« nur von »Margherita« die Rede ist, immerhin der ersten weiblichen Philosophieprofessorin an der Freien Universität, oder von »Ingeborg« (nämlich: Bachmann). Allerdings besteht Muller zu Recht darauf, dass das Wort »Frauenheld«, das oft mit Taubes in Verbindung gebracht wird, seine zahlreichen Beziehungen zu Frauen nicht angemessen charakterisiert. Gegen Ende seiner Biografie schreibt er, dass Taubes' »unermüdliches erotisches Begehren, in Kombination mit seiner hohen Wertschätzung für intellektuelle Frauen«, mit seiner Bereitschaft, diese Frauen zu fördern und sich intensiv für ihr berufliches Fortkommen einzusetzen, »unvereinbar erscheint«. Um Jacob zu verstehen, so seine Schlussfolgerung, »muss man seine Widersprüchlichkeit akzeptieren«. Da kann jedoch nur jemand einen Widerspruch sehen, der erotische Anziehungskraft für eine Angelegenheit von Körperteilen hält.

Taubes' Lust an der Verführung hat sicherlich Schaden angerichtet, nicht zuletzt in seinen beiden Ehen, aber es ging ihm nie einfach um die Eroberung von Frischfleisch. Taubes suchte die Vereinigung, körperlich wie seelisch. Es wird oft gesagt, dass er Grenzen überschritt; genauer aber müsste es heißen, dass er überhaupt keine Grenzen kannte. Das wurde auch in Situationen deutlich, die nichts mit Erotik zu tun hatten; jeder Mensch, den er wirklich mochte, wurde sofort als Teil der Familie behandelt, dem man nichts erklären musste. Diese Art von Verhalten war seltsam, aber harmlos. Es kam auch vor, dass er paranoid wurde und auf einmal eine Person angriff, die er soeben noch gefördert hatte. Niemand kann sagen, wie viel davon auf seine psychische Erkrankung zurückzuführen war. Taubes unterzog sich verschiedenen Formen der Behandlung für seine bipolare Störung, die aber niemals verschwand. Doch so sehr ihn die Biochemie auch quälte, die schmerzende Last der Geschichte war mindestens ebenso real.

Dass Mullers Verachtung für Brentano nicht nur ein Produkt von Sexismus ist, zeigt seine Darstellung von Taubes' erster Frau, der Mutter seiner Kinder, Susan Taubes. Er behauptet, keine andere Frau habe derart viel Platz in Taubes' Seele eingenommen, doch keine zwei Jahre nach ihrer Heirat hatten sie sich so sehr entzweit, dass sie lieber auf zwei verschiedenen Kontinenten lebten. Obwohl Taubes dem Drängen seiner Verwandten gefolgt war, eine junge Frau aus einer guten jüdischen Familie zu heiraten, war Susan Taubes' Abneigung gegen das Judentum in jeglicher Form so stark, dass sie sich weigerte, auch nur ein Anzeichen davon in ihrem Haus zuzulassen oder ihren Kindern die Grundzüge einer jüdischen Erziehung angedeihen zu lassen. Muller zeichnet ihre intellektuelle Entwicklung nach – sie schrieb eine Dissertation über Simone Weil und später einen surrealistischen Roman über ihre Scheidung – bis hin zur Zerrüttung ihrer Ehe, die praktisch nur ein Jahrzehnt hielt. Da weder Jacob noch Susan geneigt waren, sich der Elternschaft zu widmen, wurden die Kinder auf eine Reihe von Internaten geschickt, bis Brentano und Taubes sie nach Susan Taubes' Selbstmord zu sich holten.

Der Hauptgrund für Mullers Antipathie gegenüber Brentano wird offensichtlich bei seiner Beschreibung der politischen Konflikte der späten sechziger und frühen siebziger Jahre. Taubes wie Brentano waren führende Persönlichkeiten der Berliner Unruhen, die von der Universität in den politischen Raum ausstrahlten. Sie spielten einander die Bälle zu, um linke Positionen zu unterstützen, während sie gleichzeitig versuchten, die Studenten davon abzubringen, jedes Buch zu verwerfen, das in der Vergangenheit geschrieben worden war, und jede Idee abzulehnen, aus der sich keine unmittelbare politische Konsequenz ergab. In einem Moment, der unserer Gegenwart in manchem nicht unähnlich war, forderten viele Studenten eine politisch reine, linke Universität, was rechte Politiker als Vorwand nutzten, um linke Berufungen gänzlich zu blockieren. Gemeinsam bemühten sich Taubes und Brentano darum, Studenten davon zu überzeugen, sich mit Positionen zu befassen, mit denen sie nicht einverstanden waren, und gleichzeitig dafür zu kämpfen, dass gelegentlich ein sozialistisch eingestellter Professor berufen wurde. Beides gelang ihnen nur selten, aber ihr Engagement nahm den Großteil eines ganzen Jahrzehnts in Anspruch, auch ein Grund dafür, dass beide in dieser Zeit kaum mehr als eine Handvoll Texte veröffentlichten.

Muller stellt Brentano als stählerne Stalinistin dar, was sie nie war, und versucht, ihre Positionen von denen Taubes' zu trennen, indem er unterstellt, dass dessen Engagement für linke Politik aus ihrer Beziehung herrührte. Nie erwähnt er, dass Taubes' geliebte Mutter eine Aktivistin der sozialistischen Jugendgruppe Hapoel Hazair war. Wenn irgendeine Frau in Taubes' Leben einen starken Einfluss auf seine politische Haltung gehabt hat, dann war sie es, lange bevor er Brentano kennenlernte. Wer Taubes und Brentano zusammen erlebte, bekam einen Einblick in ein Leben voller intensiver, aber oft produktiver intellektueller Auseinandersetzungen, sei es über Heidegger oder die neuesten Entwicklungen im Berliner Senat. Brentano war eine Aufklärerin, während Taubes sich zu Ideen hingezogen fühlte, mit denen die Aufklärung hatte aufräumen wollen. Doch sie teilten ein Verständnis Nachkriegsdeutschlands, das sich Muller entzieht. Beide erkannten, dass die Anziehungskraft des Faschismus tiefer ging als jedes Bekenntnis zu demokratischen Grundwerten. Westdeutschland verleugnete seine Nazi-Vergangenheit zutiefst. Adenauers Reparationszahlungen und demokratische Zusicherungen verschleierten die unterschwellige Verachtung für die kurzlebigen Entnazifizierungsversuche der Alliierten, die die Westdeutschen als »Siegerjustiz« betrachteten. Mit der Verfestigung des Kalten Kriegs gaben die Amerikaner diese Bemühungen auf. Denn wer konnte den Kommunisten besser entgegentreten als die Nazis, die erst wenige Jahre zuvor an der Ostfront gegen sie gekämpft hatten? Jenseits des Eisernen Vorhangs standen hingegen echte Antifaschisten an der Spitze der autoritären DDR, die den Krieg in Konzentrationslagern oder im Exil verbracht hatten. Im Gegensatz zu ihren westlichen Nachbarn bemühten sie sich meistens, ehemalige Nazis aus Machtpositionen zu entfernen.

Man muss kein Stalinist sein, um das Dilemma zu erkennen, das Muller übersieht. Taubes und Brentano waren sich der Repressionen im Osten sehr wohl bewusst. Sie wussten, dass ihr Freund, der sozialistische Philosoph Ernst Bloch, seinen Lehrstuhl in Leipzig aufgegeben hatte, um ins winzige Tübingen zu gehen. Sie unterstützten Agnes Heller finanziell, als die in Budapest nicht mehr lehren durfte; ebenso andere osteuropäische Intellektuelle, die der Unterdrückung ausgesetzt waren. Doch im Gegensatz zu Muller kannten sie auch die faschistischen Unterströmungen, die hinter dem schönen Schein des westdeutschen Lebens ihr Unwesen trieben, und zwar auch – oder gerade – an den Universitäten. Öffentlich geäußerter Antisemitismus war seltener geworden, aber der Antikommunismus, die zweite Säule der NS-Ideologie, wurde nie aufgegeben.

Dass Taubes so fasziniert war von Carl Schmitt, dem reuelosen Nazi-Juristen, den er besuchte und herausforderte, hat zu vielen Spekulationen Anlass gegeben. Warum sollte sich der Philosoph und Rabbiner mit einem Denker beschäftigen, der sich selbst nach dem Krieg weigerte, die Nazis zu verurteilen? Schmitt, dessen Unterstützung des Krieges schwerwiegend genug war, um ihm Gefängnisstrafen in Berlin und Nürnberg einzubringen, schrieb: »Was die Nazis getan haben, war bestialisch; was mir und Tausenden von ehrlichen Deutschen widerfahren ist, ist teuflisch.« Doch je mehr man über das Nachkriegsdeutschland in den Jahren vor Taubes' Tod weiß, desto weniger rätselhaft wirkt seine Faszination. Selbst Heidegger entschied sich für das allgemein vorherrschende Schweigen und sparte sich seine anstößigeren Gedanken für die Privatsphäre seiner *Schwarzen Hefte* auf. Carl Schmitt dagegen sprach laut aus, was die meisten in der Bundesrepublik nur dachten. Jacob Taubes, dem mehr als an allem anderen daran gelegen war, zu verstehen, warum seine geliebte deutsche Kultur ihn zum Todfeind erklärt hatte, musste sich also zu ihm hingezogen fühlen. Es sollte hinzugefügt werden, dass Brentano Carl Schmitt und seinesgleichen so verachtete, dass sie über die Bereitschaft ihres Mannes, ihn zu besuchen, entsetzt war.

Taubes und Brentano verurteilten die sogenannte revolutionäre Gewalt und den Terrorismus der siebziger Jahre nach den Studentenunruhen. Sie sahen stattdessen die Sitzstreiks der amerikanischen Bürgerrechtsbewegung als Modell für politische Aktionen. Dennoch konnten sie, anders als Muller, die Wut der Generation nachvollziehen, die sie unterrichteten. Sie ergab sich aus der Erkenntnis, dass ihre Eltern und Lehrer und quasi sämtliche

Autoritätspersonen in Verbrechen verwickelt waren, die sich erst vor schockierend kurzer Zeit zugetragen hatten, aber jahrelang unter den Teppich gekehrt worden waren. Es gab Stimmen, die meinten, dass sich ohne die Verdrängung der Naziverbrechen eine demokratische Ordnung in der neuen Bundesrepublik nicht hätte etablieren können; der Philosoph Hermann Lübbe sprach diesbezüglich von einem »kommunikativen Beschweigen«. Aber selbst wenn es stimmen sollte, dass die gesamtgesellschaftliche Verdrängung auf lange Sicht zur Stabilität beigetragen hat, ist die Wut der Generation, die die Hauptlast dieses Schweigens zu tragen hatte, leicht zu verstehen. Taubes und Brentano versuchten, mit dieser Wut umzugehen, indem sie einerseits vielen der Studentenführer zur Seite zu stehen und gleichzeitig den Fanatismus in Schach zu halten versuchten.

All dies entgeht Muller, vermutlich weil er die Ansicht vertritt, Faschismus und Kommunismus seien Varianten ein und derselben Störung, ganz im Gegensatz zu dem von ihm bevorzugten konservativen Liberalismus. Nach der Wiedervereinigung wies Brentano solche Gleichsetzungen in einer oft zitierten Bemerkung scharf zurück: »Das Dritte Reich hinterließ Berge von Leichen. Die DDR hinterließ Berge von Karteikarten.« Muller hat natürlich das gute Recht, jede beliebige politische Position zu vertreten. Aber ohne ein tieferes Verständnis der Konflikte, die Taubes umtrieben, kann er den Menschen, der, wie er abschließend feststellt, »ein Mann der Linken« war, kaum verstehen. Mullers ausdrückliche Verachtung für die politische Linke, von seiner ersten Monografie über Hans Freyer bis hin zu einem kürzlich in *Foreign Affairs* erschienenen Artikel mit dem Titel *The Neosocialist Delusion* offenbart seine mangelnde Bereitschaft, sich überhaupt mit ihr auseinanderzusetzen. Der spöttische Ton zieht sich durch seine gesamte Darstellung der politischen Konflikte, mit denen sich Taubes in den letzten beiden Jahrzehnten seines Lebens befasste. Taubes, der sogar die Positionen der Mörder seiner eigenen Verwandten ernst nehmen konnte, hätte das wohl kaum gefallen.

Wie steht es nun um die Frage der deutsch-jüdischen Versöhnung, die sein Leben so sehr prägte? Es bleibt abzuwarten. Als ich 2019 das Buch *Von den Deutschen lernen* schrieb, war ich zuversichtlicher, als ich es heute bin. Es laufen in Deutschland nicht mehr so viele verdrängende Apologeten des Nationalsozialismus herum, aber in den vergangenen drei Jahren haben hysterischer Philosemitismus und eine Außenpolitik, die irgendwo rechts der amerikanisch-israelischen Lobbygruppe AIPAC liegt, Töne angenommen, die an die McCarthy-Ära erinnern, und die Grenzen dessen aufgezeigt, was Vergangenheitsbewältigung geleistet hat. Um den Holocaust zu sühnen, werfen wohlmeinende Deutsche Juden und Israelis Antisemitismus vor, wenn wir die Politik Israels kritisieren. Jacob Taubes hätte die Ironie darin gesehen. Sehr schade, dass wir nicht zusammen in der Paris Bar darüber lachen können.

Aus dem Englischen von Birthe Mühlhoff

Thorsten Holzhauser

Linkskonservativer Populismus

Die sogenannte Hufeisentheorie hat nicht nur in linken Kreisen einen schweren Stand, erscheint doch die Vorstellung, dass die Ränder des politischen Spektrums fast naturgemäß zusammenpassen, ebenso naiv wie unterkomplex. Nach den Diskussionen um Sahra Wagenknecht, die sich nicht allzu sehr daran zu stören scheint, dass sie mit ihren Friedensaufrufen und Demonstrationen auch völkische Kreise anzieht – und von rechten Zeitschriften zur Kanzlerkandidatin ausgerufen wird –,[1] fragen sich aber sogar manche Linke mittlerweile, ob an der These zumindest in diesem Fall nicht ausnahmsweise doch etwas dran sein könnte. Entsteht da womöglich eine neue Querfront?

Nun ist weithin bekannt, dass es in der deutschen Linken und ihrem Umfeld eine lange Verbundenheit mit Russland und eine Reihe antiwestlicher Ressentiments gibt. Immer deutlicher wird aber, dass hinter Wagenknechts Bewegung ein politisches Programm steht, das über das Thema Krieg und Frieden hinausgeht – und Wagenknechts (Noch)Partei in zwei ideologische Großgruppen spaltet: Linksprogressive und Linkskonservative, wie sich die beiden Fraktionen inzwischen selbst nennen. Die beiden Eigenbezeichnungen sagen viel: Dass sich Linke selbst dem gesellschaftlichen Fortschritt verpflichtet fühlen, sollte nicht eigens betont werden müssen. Was aber hat es mit dem eigenartigen Adjektiv »linkskonservativ« auf sich, auf das sich Sahra Wagenknecht selbst beruft?

Liest man Wagenknecht oder hört sie reden, sei es auf Kundgebungen oder im Fernsehstudio, dann zeigen sich recht klare Konturen: Ihr Linkskonservatismus verknüpft populistische Polarisierungen mit nationalen Tönen und antiliberalen Positionen bei Einwanderung und Asyl, Antidiskriminierung und Identität, Klima und Umwelt. Er steht damit tatsächlich jenseits geltender Parteitagsbeschlüsse und ist doch nicht so neu, wie die kreative Wortschöpfung vermuten lässt. Stattdessen hat der linkskonservative Populismus eine lange und bewegte Geschichte, die über die Person Wagenknecht hinausreicht. Von Teilen der Linken schon früher kritisiert, war er lange Zeit ein Erfolgsrezept – und dürfte trotzdem keine Zukunft haben.

1 Vgl. »Die beste Kanzlerin«, Cover des *Compact*-Magazins 12/2022.

Protest gegen »den Westen«

Will man die historischen Wurzeln des linkskonservativen Populismus in Deutschland ergründen, dann könnte man auf die autoritären Traditionen der SED genauso zurückgehen wie auf den Populismus historischer Bürger- und Protestbewegungen in beiden Teilen Deutschlands. Wirklich zusammen fanden linker Konservatismus und linker Populismus aber erst in den frühen 1990er Jahren, als die Nachfolgerin der SED um ihr politisches Überleben kämpfte. Die »Partei des demokratischen Sozialismus« stand nach dem Ende der DDR und der deutschen Vereinigung vor einem Trümmerfeld. Um sich in der neuen Demokratie einen neuen politischen Daseinszweck zu schaffen, entwickelte die damalige Parteiführung um Gregor Gysi und seinen »Chefstrategen« André Brie ein Konzept, das im Kern auf zwei Großgruppen abzielte. Zum einen wollten sich Gysi und Brie bewusst von der SED absetzen und ihre Partei als Sprecherin nicht der autoritären, sondern der progressiven Linken in ganz Deutschland positionieren. Wer »systemkritisch« dachte und den gesellschaftlichen Fortschritt auf allen Politikfeldern wollte, sollte in der PDS einen Platz finden. Dazu wurden ausdrücklich auch all jene neuen, jungen, alternativen Linken in den Großstädten Westdeutschlands gezählt, die traditionell zur SPD oder den Grünen neigten. Zwar war sich die PDS-Führung bewusst, dass sich diese jungen Menschen von der politischen Kultur der SED maximal unterschieden. Sie galten aber als Zukunft der Partei, weshalb sich auch die PDS neu erfinden sollte: »neu, modern, demokratisch, ökologisch, kulturvoll«, wie das André Brie damals ausdrückte.[2]

Dass das allein nicht zum Überleben reichen würde, wussten auch die PDS-Strategen. Daher setzten sie zugleich auf eine zweite Großgruppe, die zwar im Schnitt viel konservativer eingestellt war, als es das neue Parteiprogramm vorsah, die aber politisch heimatlos und auf der Suche nach einer politischen Vertretung war: die vielen »Einheitsverlierer« und Enttäuschten, vor allem in Ostdeutschland, »bei denen die Wertschätzung für positive Ergebnisse der DDR-Entwicklung (vor allen Dingen der Wunsch nach sozialer Sicherheit) wiedererstanden ist«, so Brie. Diese Wählergruppen vereinte nicht etwa ihre soziale Stellung als Arbeiterinnen und Arbeiter, und auch nicht ihr Bekenntnis zu den progressiven Traditionen der politischen Linken, sondern vielmehr ihre Position im und zum ostdeutschen Transformations-

2 André Brie, *Vorlage für den Parteivorstand der PDS zu einer Wahlstrategie 1994* vom 10. Dezember 1992. In: *Archiv Demokratischer Sozialismus, Parteivorstand der PDS – Die Ära Gysi (1989 bis 1993).*

prozess: Es ging um die Zurückgewiesenen und DDR-Nostalgischen, um die Arbeitslosen und Bedrohten – kurz um die Kritikerinnen und Verlierer des gesellschaftlichen Wandels.

Um diese Bevölkerungskreise anzusprechen, entwickelte die damalige PDS eine ausgesprochene Proteststrategie, die über die klassischen Grenzen linker Politik hinausreichen sollte. In Parlamentsreden und Wahlwerbespots, vor allem aber auf den Straßen und Plätzen Ostdeutschlands warf sie den Parteien aus dem Westen und den westdeutschen Konzernen, die sich im Osten einkauften, eine mutwillige »Zerstörungsstrategie« vor. Der Osten solle »kolonisiert«, seinen Bürgerinnen und Bürgern die sozialistische Heimat und ihre ostdeutsche Identität genommen werden – »und damit die Voraussetzung für eine selbstbewusste Vertretung ihrer Interessen«, wie die PDS in ihrem Parteiprogramm schrieb. Nur die Ost-Linke könne diesen Kolonisierungsversuch abwehren: »Keine Verwestlichung des Ostens«, lautete die Botschaft.[3]

Was die PDS-Spitze damals kreierte, war ein populistischer Diskurs par excellence.[4] Er basierte auf einer eindeutigen Gegenüberstellung »des Volks« (der Ostdeutschen) mit »den Eliten« (»dem Westen«) und dem Anspruch, dieses Volk zusammenzuführen und exklusiv zu vertreten. Die individuellen Schicksale der demokratisch-kapitalistischen Transformation – Statusverlust, Unsicherheit, Arbeitslosigkeit – wurden in ein kollektives Deutungsschema gepackt, das Antworten gab und Lösungen versprach. »Der Osten« konstituierte sich als politisches Subjekt mit einem gemeinsamen »Wir«-Gefühl, das zu seinem Recht kommen sollte.

Dazu betrieben Gysi und Co. nicht nur eigene Kampagnen. Sie gründeten Anfang der 1990er Jahre auch eine Reihe von Basis-Initiativen, »Komitees für Gerechtigkeit« genannt, die den Protest gegen den Westen jenseits der Parlamente und über Parteigrenzen hinweg organisieren sollten.[5] Mit Peter-Michael Diestel, dem vormaligen CDU-Fraktionschef im Landtag von Brandenburg, sicherte sich Gysi sogar einen konservativen Gewährsmann, der die Initiativen unterstützte und die Bewegung auch in SED-kritischen Kreisen Ostdeutschlands stärken sollte. Zuspruch erhielten die Komitees aber nicht nur im Osten. Auch einige prominente Persönlichkeiten der west-

3 PDS-Parteiprogramm 1993.

4 Vgl. Ernesto Laclau, *On Populist Reason*. London: Verso 2005; Cas Mudde, *The Populist Zeitgeist*. In: *Government and Opposition*, Nr. 39, 2004.

5 Dazu ausführlicher Thorsten Holzhauser, *Die Nachfolgepartei. Die Integration der PDS in das politische System der Bundesrepublik Deutschland 1990–2005*. Berlin: de Gruyter 2019.

deutschen Linken wie die Liedermacher Franz-Josef Degenhardt und Hannes Wader oder der Kabarettist Dieter Hildebrandt zeigten sich interessiert und hofften, eine alternative Bewegung gegen die Regierung Kohl aufbauen zu können.[6] Es waren die zwei Flügel einer neuen Protestbewegung, so zumindest die Hoffnung.

Die Strategie ging nicht vollends auf: Eine großangelegte außerparlamentarische Bewegung konnte nicht begründet werden. Vor allem im Westen interessierte sich über die genannten Prominenten hinaus kaum jemand für die Ost-Interessen. An den ostdeutschen Wahlurnen aber profitierte die PDS von ihrem »Ostpopulismus« doch erheblich und rauschte von einem Wahlerfolg zum nächsten. Vom Sterbebett der SED aus konnte sich die diskreditierte Staatspartei so eine neue politische Funktion als Protestpartei »des Ostens« erarbeiten, die ihr Überleben sicherte. Sie sprach nun auch Wählerschichten an, die mit einer sozialistischen Partei sonst nicht viel hätten anfangen können.

Linke Querfronten?

Aber war der »linke« Populismus noch links? In der Tat bestanden in Teilen der Partei schon damals erhebliche Sorgen, ob die neuen Bündnisse mit Konservativen und der neue Kulturkampf-Ton zwischen ostdeutscher Heimat und westdeutschen Eindringlingen zum progressiven Eigenanspruch der PDS passten. Dass die Partei mit ihren identitätspolitischen Angeboten in direkte Konkurrenz zu »rechtspopulistischen Kräften« trat, insbesondere um solche Wählerinnen und Wähler, die zu einer »nostalgischen Verklärung« der Vergangenheit im »Friedensstaat« DDR neigten, war den Parteistrategen sehr wohl bewusst.[7] Ja, der linke Populismus wurde ausdrücklich als Gegenrezept konzipiert – weil er mit einem sozial-emanzipativen Anspruch ausgestattet wurde, »diesem Volk auch wieder ein Stück Selbstvertrauen zu geben«, so Gregor Gysi.[8] Der benachteiligte »Osten« sollte als politisches Subjekt gestärkt und in die Gleichberechtigung geführt werden. Nur so könne Ostdeutschland auch seine sozialen Ansprüche im Transformationsanspruch geltend machen. Auch die Kommunistische Plattform von Sahra

6 Vgl. Reinhard Mohr, *Verein der Wiedergänger*. In: *taz* vom 14. Juli 1992; *»Irgendwas anschieben«*. Interview mit Dieter Hildebrandt. In: *taz* vom 10. Juli 1992; W. Gast/B. Markmeyer, *»Operation Gystel« ab Samstag*. In: *taz* vom 10. Juli 1992.

7 André Brie, *Wahlstrategie 1994*.

8 Gregor Gysi, zit. n. Tagung des SED-Parteivorstands (unkorrigierte stenografische Niederschrift), 20. Januar 1990. In: *Archiv Demokratischer Sozialismus*.

Wagenknecht trug die neue Strategie mit, indem sie bei ihrem orthodoxen Marxismus ein Auge zudrückte und Ost-Interessen kurzerhand mit Arbeiterinteressen gleichsetzte.[9]

Mit der politischen Realität passte das allerdings nur bedingt zusammen. Teils unbemerkt, teils ungewollt sprach der links gedachte Populismus allerlei konservative und nationalistische Kräfte an. In bürgerlichen Kreisen dominierte zwar weiterhin die Abscheu vor den Kommunisten und ihren Mobilisierungsversuchen. Aber auch erbitterte Gegner, wie der rheinland-pfälzische CDU-Chef Christoph Böhr, staunten darüber, wie zielgerichtet die PDS die »täglichen Sorgen« der »Leute im Osten« aufgreife: »Wir können noch was von der PDS lernen«, so Böhr.[10] Konnten Linke mit diesem Lob aus konservativem Mund noch leben, so waren ähnliche Stimmen von weiter rechts deutlich unangenehmer. Während sich PDS-Mitglieder und Sympathisanten in den sozialen Auseinandersetzungen der »Baseballschläger-Jahre« den gewaltbereiten Rechtsextremen in den Weg stellten und zivilgesellschaftliche Gegenwehr zu organisieren versuchten, nahm man im Parteiapparat auch Gegentendenzen wahr: Besorgt wurde in Führungsgremien berichtet, dass es auch an der eigenen Basis »rassistische und ausländerfeindliche Positionen« gebe.[11] Die sozialistische Heimat zeigte sich zwiespältig.

Sollte man diese Stimmungen bekämpfen oder aufgreifen? Schon im Jahr 1993 führte die Dresdner Stadträtin und frisch gekürte stellvertretende Parteivorsitzende Christine Ostrowski im Geheimen Gespräche mit Neonazi-Kadern, um diese von der guten Sache zu überzeugen – und machte Gemeinsamkeiten in der Sozialpolitik aus.[12] Die Parteispitze um Gregor Gysi und Lothar Bisky reagierte abweisend und schob jeder Querfront-Überlegung einen Riegel vor: Eine linke Partei dürfe sich nicht der »verbreiteten Stimmung in der Bevölkerung« anpassen, hatte Gysi schon in der Asyldebatte des Vorjahrs deutlich gemacht.[13] Die PDS müsse links und antifaschistisch

9 Vgl. Christian von Ditfurth, *Ostalgie oder linke Alternative. Meine Reise durch die PDS*. Köln: Kiepenheuer & Witsch 1998.

10 *»Wir können von der PDS lernen«*. Interview mit Christoph Böhr. In: *Focus* vom 26. Oktober 1998.

11 *Protokollnotizen zum Treffen mit den Vorsitzenden der Landtagsfraktionen der PDS am 4.9.1992 in Berlin*; vgl. auch Sebastian Prinz, *Die programmatische Entwicklung der PDS. Kontinuität und Wandel der Politik einer sozialistischen Partei*. Wiesbaden: VS Verlag 2010.

12 Vgl. *PDS-Vize zurückgetreten*. In: *taz* vom 16. März 1993.

13 Gregor Gysi an die Mitglieder des Bundesvorstandes und des Bundesparteirates der PDS, Berlin, 30. November 1992. In: *Archiv Demokratischer Sozialismus*.

bleiben. Ostrowski musste zurücktreten, blieb aber in der Partei und setzte sich auch weiter dafür ein, von allzu linken Positionen Abstand zu nehmen und stattdessen die ostdeutsche »Mitte« zu repräsentieren – inklusive »realistischerer« Positionen in der Zuwanderungspolitik.[14]

Frieden mit Diktatoren

Auch danach blieb offen, wovon sich die linke, emanzipatorische Definition des Volkes von einer rechten, konservativen bis nationalistischen unterscheiden sollte. Die von der PDS-Spitze geteilte Behauptung, die Welle rechter Gewalt in Teilen Ostdeutschlands sei allein eine Folge der »Anschlusspolitik« und den »Herrschenden im Westen« anzulasten,[15] fiel den vielen Aktiven vor Ort in den Rücken, die sich gegen rechte Gewaltstrukturen und für ein liberaleres politisches Klima einsetzten. Stattdessen entlastete sie die ostdeutsche Mehrheitsgesellschaft, die sich weiter als verantwortungsloses Opfer sehen konnte. Es zeigte sich bald: Die PDS konnte sich noch so sehr zu progressiven Werten bekennen – ihr strategischer Populismus blieb trotzdem in einigen Politikbereichen anschlussfähig nach Rechtsaußen, weil sich der Protest ähnlicher Formen und Schlagwörter bediente.

Das galt nicht zuletzt in der Frage von Krieg und Frieden, die nach dem Ende des Ost-West-Konflikts in neuen Dimensionen auf die Agenda trat. Offiziell lehnte die Partei Gysis und Wagenknechts den Golfkonflikt 1991 und den Kosovokrieg 1999 als westliche Aggressionen ab und berief sich auf Multilateralismus und Völkerrecht. Eine ganze Reihe von Politikerinnen und Politikern bediente sich aber offen rechter Codes, sprach von »Bombenterror« und »Bombenmördern« und stellte die NATO-Operationen in einen Zusammenhang mit der Bombardierung Dresdens durch die Alliierten im Zweiten Weltkrieg.[16] Während der grüne Außenminister Joschka Fischer den NATO-Angriff auf Jugoslawien mit dem antifaschistischen »Nie wieder Auschwitz« begründete, da nur so die Menschenrechtsverletzungen im Kosovo beendet werden könnten, reiste Gregor Gysi nach Belgrad, um mit dem nationalistischen Staatschef Slobodan Milošević Friedensgespräche aufzunehmen.

14 Vgl. Christoph Seils, *Magere Ergebnisse*. Interview mit Christine Ostrowski. In: *taz* vom 11. Mai 1996.

15 André Brie, Referat vor dem Parteivorstand der PDS am 14.12.1990. In: *Archiv Demokratischer Sozialismus*.

16 Christine Ostrowski, zit. n. PDS-Pressedienst vom 31. März 1999.

Frieden mit dem Diktator statt Solidarität mit den Opfern? Schon damals fühlten sich manche in der Partei unwohl mit dieser Situation und mahnten, die Vermittlungsversuche nicht zu sehr wie Solidarisierung mit einem Antidemokraten aussehen zu lassen. Andere erinnerten sich an die Eskapaden von Sahra Wagenknecht in den frühen 1990er Jahren, als diese ganz offen ihre Bewunderung für Stalins »beeindruckende« Modernisierungspolitik zum Ausdruck gebracht hatte[17] – sehr zum Verdruss der Parteivorderen, die ihr »menschenverachtende« Ideologien vorwarfen.[18] Wie es die selbsternannte demokratische Linke denn nun mit autokratischen Herrschern hielt, die vom Westen bekämpft wurden, zeigte sich immer wieder als offenes Problem. Und während sich die einen – wie Gysi – zu einer vermittelnden Friedenspolitik berufen fühlten, zeigten andere mehr oder weniger offen ihre Sympathien für starke Männer mit rückwärtsgewandten Weltbildern.

So umstritten die damalige »Friedenspolitik« der PDS aber war, sie erweiterte die eigene Klientel sichtlich und schuf neue Bündnisse: nicht nur mit Teilen der traditionellen Friedensbewegung, die sich von den kriegsführenden Regierungsparteien SPD und Grüne abwandten, sondern auch mit antiwestlichen Verschwörungsideologen, denen es weniger um die Frage »links oder rechts« ging als um die klare Orientierung gegen den liberalen Westen und seine Führungsmacht in Washington. Zur Partei kamen nun so unterschiedliche Persönlichkeiten wie die Präsidententochter und Theologin Uta Ranke-Heinemann, die als parteilose Pazifistin für die PDS bei der Bundespräsidentenwahl 1999 gegen den Ehemann ihrer Nichte Johannes Rau kandidierte – aber auch der sozialdemokratische Liedermacher und Unternehmer Diether Dehm, ein Mann, der die Worte »national« und »sozialistisch« für die Linke »zurückzuholen« suchte,[19] und mit solchen Positionen bis heute Teile der Partei zur Weißglut bringt.

Linke und rechte Konservative

Berühren sich die Ränder also doch? War die Linke schon immer eine Partei des Hufeisens? Das zu behaupten, würde ein doppeltes Charakteristikum

17 Sahra Wagenknecht, *Marxismus und Opportunismus – Kämpfe in der Sozialistischen Bewegung gestern und heute*. In: *Weißenseer Blätter*, Nr. 4, 1992.

18 André Brie, *Also zurück zu Stalin? Eine Auseinandersetzung mit ideologischen Positionen Sahra Wagenknechts* vom 16. November 1992. In: *Archiv Demokratischer Sozialismus*.

19 Diether Dehm, *Heimat und Kleineigentum. Auf der Suche nach Europa in Deutschland*. Veröffentlicht am 10. Oktober 2007 (www.diether-dehm.de/positionen/fragen-zur-linken-hegemoniearbeit/133-heimat-und-kleineigentum).

des linkskonservativen Populismus verkennen: Zum einen war dieser innerparteilich immer hochumstritten, da er in wesentlichen Punkten dem progressiven Selbstbild und dem offiziellen Programm der Partei widersprach. Da »das Volk« in zentralen Fragen wie Einwanderung, Lebensstile, Ökologie, Wirtschaftssystem und Demokratievorstellungen deutlich rechts der PDS-Programmatik stand, blieb die populistische Strategie immer prekär. Daher ging es zweitens beim linkskonservativen Populismus weniger um ein zielgerichtetes Anbiedern an den rechten Rand als um eine Annäherung an »die Mitte«, die »einfache« Bevölkerung. Viele Positionen, die die frühere PDS und später Die Linke anschlussfähig an rechte und nationalistische Kreise machten, hatte sie nicht exklusiv. Sie fand stattdessen immer Gleichgesinnte in der »Mitte der Gesellschaft«, die ähnlich dachten und sprachen.

Das zeigte sich nicht zuletzt bei der Kampagne gegen die Agenda 2010, im Zuge derer sich die heutige Linkspartei formierte. Die Proteste, die um das Jahr 2005 einsetzten, waren das direkte Vorbild für die Strategie, derer sich Oskar Lafontaine und Sahra Wagenknecht mit ihren heutigen »Friedensdemonstrationen« bedienen. Lafontaine gelang es damals, die sozialistische Linke aus ihrem ostdeutschen Milieu zu lösen und zum führenden Teil einer bundesweiten Protestbewegung zu machen. Wie heute (»Frieden«) ging es im Jahr 2005 in erster Linie um ein klassisches linkes Thema (»soziale Gerechtigkeit«), das der Volkstribun und seine neue Verbündete in populistischer Manier zum Gegensatz zwischen Volksmeinung und Eliteninteresse, Mehrheit und Minderheit stilisierten: »Wie lange lässt es sich das Volk noch gefallen, dass eine wohlhabende Minderheit ihm auf der Nase herumtanzt?«, so Oskar Lafontaine im Jahr 2005.[20]

Dass es nicht lange dauerte, bis auch Rechtsextreme an den Demonstrationen teilnahmen, kann kaum verwundern.[21] Was aber zur Querfront zu werden drohte, basierte auf einem geschickten Spiel mit bürgerlichen Urängsten. Wie heute verknüpften Lafontaine, Wagenknecht und ihre Vertrauten ihre Vorstöße mit einem gesellschaftspolitischen Diskurs, der mit dem offiziellen Parteiprogramm nicht viel gemein hatte, aber zentrale konservative Talking Points der Nullerjahre aufnahm: die Angst vor einem »Kampf der Kulturen« und vor muslimischen »Parallelgesellschaften«, das Bangen um die »kulturelle Identität« Europas angesichts zunehmender Einwanderung aus arabischen Ländern und die Furcht vor einem globalisierten Verdrängungswettbewerb am Arbeitsmarkt. Was konservative Kampagnen

20 Vgl. Oskar Lafontaine, *Politik für alle. Streitschrift für eine gerechte Gesellschaft.* Berlin: Econ 2005.

21 Vgl. Stefan Berg u.a., *Fegefeuer des Volkszorns.* In: *Spiegel* vom 30. August 2004.

gegen die doppelte Staatsbürgerschaft, erleichterte Zuwanderung (»Kinder statt Inder«) und die deutsche »Leitkultur« vorbereitet hatten, nahmen die Linkskonservativen nur zu gern auf und pressten es in ein sozialpolitisches Protestprogramm: Heraus kam die Forderung nach einem protektiven Staat, der fleißige deutsche »Familienväter und Frauen« vor Einwanderern, »Fremdarbeitern« und kriegslüsternen »Eliten« schützen müsse.[22]

Mit diesen Provokationen schürten Lafontaine und Wagenknecht jenen Konflikt in der Partei und innerhalb der gesamtdeutschen Linken, der, wie nicht zuletzt die kontroversen Reaktionen auf die jüngste »Friedensdemo« gezeigt haben, bis heute schwelt. Ähnlich wie zuletzt zeigten sich auch damals Politikerinnen und Politiker wie Katja Kipping und Petra Pau entsetzt über die Renaissance »rechter Klischees«[23] und »ausländerfeindlicher Ressentiments«[24] in linken Kreisen. Katina Schubert empfand es damals wie heute als »nur sehr schwer aushaltbar« in der Partei.[25] Diether Dehm wiederum, bis heute einer der engsten Mitstreiter Wagenknechts und Lafontaines, sorgte sich angesichts solcher Kritik vor einer linken Erziehungsdiktatur, die »Heimatgefühle« unterdrücken wolle.[26] Auch das Schreckgespenst Cancel Culture wurde damals schon an die Wand gemalt.

Bündnis am Ende

Und was tat die Parteiführung? Wie heute schwankte der Parteivorstand der neu benannten »Linkspartei« im Jahr 2005 zwischen Zurechtweisung und Diplomatie, distanzierte sich vorsichtig von allzu rechten Vorstößen aus der Partei, versuchte aber, das fragile Bündnis zwischen Progressiven und Linkskonservativen zusammenzuhalten, in das man die eigenen Hoffnungen setzte. Das Ergebnis war äußerst zwiespältig: Denn wie schon in den Ost-Debatten der frühen 1990er Jahre und in den Kriegsdebatten der Jahrtausendwende war auch in den Jahren seit 2005 die Doppelstrategie äußerst erfolgreich, linke Inhalte mit populistischen Mobilisierungstechniken zu verbinden. Mit seiner Mischung aus Populismus, Realpolitik und links-

22 Oskar Lafontaine in einer Rede in Chemnitz am 14. Juni 2005. Zit. n. Matthias Meisner, *Die NPD lobt Lafontaine*. In: *Tagesspiegel* vom 18. Juni 2005.

23 Petra Pau, *Mein Konflikt mit Oskar Lafontaine*. Berlin, 5. Juli 2005 (www.petrapau.de/pds/dok/050705_an_lafontaine.htm).

24 Klaus Jansen, *»Lafontaines Äußerung ist einfach daneben«*. Interview mit Katja Kipping. In: *taz* vom 17. Juni 2005.

25 Annika Joeres, *»Wir müssen eine Altherrenpartei verhindern«*. Interview mit Katina Schubert. In: *taz* vom 30. Juli 2005.

26 Vgl. Sebastian Prinz, *Die programmatische Entwicklung der PDS*.

progressiven Ansätzen konnte das ungleiche Bündnis nicht nur zusammengehalten werden, ihm glückte im Jahr 2007 sogar die Fusion und die Expansion nach Westen. Der innere Konflikt wurde so zum Geburtsmerkmal der gesamtdeutschen Linken – und gilt manchen auch als ihre Existenzgrundlage.

Dieser Umstand erklärt auch, warum es der heutigen Partei- und Fraktionsführung so schwerfällt, sich klar auf eine Seite zu schlagen. Sie weiß um die progressive Identität der Linken, die durch jede konservative Spitze aus der Partei selbst immer mehr ausgehöhlt wird. Sie glaubt aber auch weiter daran, dass es die Portion Populismus und die Mobilisierung von Kräften jenseits linksprogressiver Milieus braucht, um eine breite soziale Bewegung kreieren und an frühere Erfolge anknüpfen zu können. Dazu kommt der Umstand, dass das Friedensthema besonders schlecht geeignet scheint, um sich von Wagenknecht zu trennen: Wie kann sich die selbsternannte Friedenspartei gegen jene Kräfte stellen, die sich besonders lautstark für Frieden und Abrüstung stark machen und damit jene Stimmen in der Gesellschaft ansprechen, die sich tatsächlich aufrichtig vor einer militärischen Eskalation fürchten?

So verständlich das Schwanken der linken Parteiführung aber auch ist: Es müsste mehr als deutlich geworden sein, dass das langjährige Erfolgsrezept nicht mehr funktioniert. Im Gegenteil: Die Partei driftet immer weiter auseinander und ist mittlerweile kurz davor, auseinanderzubrechen. Das hat mit einem signifikanten Generationenwechsel zu tun. In den vergangenen Jahren sind zahlreiche Vertreterinnen und Vertreter einer jüngeren Generation in Parteifunktionen und Parlamente gekommen, die ihr Linkssein mit einem dezidiert progressiven Gesellschaftsbild – und der Bereitschaft zum plakativen Protest – paaren. Auch sie wollen eine gesellschaftliche Bewegung anführen, die dafür arbeitet, eine linke kulturelle Hegemonie zu erschaffen. Die »Bewegungslinken« und viele ihrer gemäßigteren Verbündeten vom Realo-Flügel sind aber nicht mehr bereit, dafür konservative und nationalistische Positionen zu dulden, die dem eigenen Ziel zuwiderlaufen. Ob sie es schaffen, den hartnäckigen Linkskonservatismus der Partei über Bord zu werfen, oder ob die Linke über dem Konflikt vollends zerbricht, ist weiter offen. Eine dritte Option ist aber unwahrscheinlich geworden.

Thomas Etzemüller

Das Kursbuch der Deutschen Bundesbahn

Lebenstaktung in der schwerfälligen Moderne

Ich sitze im Walhalla mit David beim Bier. Ich will schon lange über das Bundesbahn-Kursbuch schreiben, habe aber keinen Aufhänger. Bloß darstellen, wie kurios diese Fahrpläne früher aussahen? Da erwähne ich, dass es noch bis in die 1980er Jahre hinein selbst auf Hauptstrecken mehrstündige Löcher im Fahrplan gegeben hat. Zwei bis drei Stunden kein Schnell- oder Eilzug, sechs Stunden kein Nahverkehrszug, durchaus normal. Das ist ihm neu. Und plötzlich weiß ich, wie ich es angehen kann – und warum! Warum über das Kursbuch schreiben? Weil es als Indiz einer vergangenen Moderne gelesen werden kann, einer anderen Taktung des Lebens, vor der Erfindung des angeblichen Menschenrechts auf Mobilität. Das Kursbuch zeigt, wie es auch gegangen ist. Verweist es etwa auf die Zukunft?

Fahr lieber mit der Bundesbahn (Kursbuch, Sommer 1978)

Ich setze mich vor das Kursbuch und versuche noch einmal eine Fahrt zu planen, so wie ich es früher getan habe, früher, als es noch keine privaten Desktop-Computer, kein Internet, keine Mobiltelefone gab. Heute werden solche Fahrpläne gar nicht mehr gedruckt, sondern sind bloß noch als PDF-Dateien im Netz zu finden. »Wofür braucht man Kursbücher«, sagt unser Sohn, »warum muss man es sich schwer machen?« Stimmt ja auch, schauen Sie sich einmal so eine Tabelle an: Da kann es vorkommen, dass fünfmal derselbe Zug nebeneinander steht, jeder mit einer kleinen Schlängellinie und einer Ziffer versehen, die in der Fußnote erklärt: »nicht 25. Dez, 1. Jan, 15., 18. Apr, 26. Mai, 6., 16. Jun, 3. Okt«, beim nächsten »auch 25. Dez, 1. Jan, 6. Jun«, der dritte fährt in Mittelstadt – aber nur samstags – zwei Minuten eher ab, der vierte hat eine abweichende Zugnummer und verkehrt bloß mittwochs vom 10. Oktober bis 31. Dezember, beim fünften gibt man auf. Doch nein, da steht es: Am 3. März, und nur dann, durcheilt er Mittelstadt ohne Halt, vielleicht wegen einer Baustelle. Kein Alltagsreisender sucht sich auf diese Weise noch seine Verbindungen zusammen. Die App ist schneller und zeigt gleich auch – dank der bahneigenen Fehlerquote – alle aktuellen Defekte im Netz unzuverlässig an.

Also, ich probiere es. Zuerst eine leichte Übung, eine hübsche, exotische Fernverbindung im Sommer 1952, Tafel G »Balkan-Würzburg-Hamburg-

Oslo/Stockholm«: Ab Istanbul 8.20 Uhr mit dem Orient-Simplon-Expreß. Abends Umstieg in Belgrad in den Tauern-Expreß nach München, dort Anschluss an D 363, den man nachts in Würzburg wieder verlässt, um auf D 385 zu wechseln, der in Hannover zum Frühstück Anschluss an den Italien-Skandinavien-Expreß hat, Ankunft in Stockholm nach weiteren 24 Stunden. Das steht alles auf einer Seite, kein Blättern nötig. Etwas schwerer, weil man drei Tafeln benötigt: der Rheingold von London Richtung Italien im selben Jahr. Tafel E verkündet, dass der Zug nach »Basel-Roma siehe F, K« fährt, aber in der Fortsetzungstafel F verschwindet er hinter Luzern einfach im Verweis »Erstfeld an 22.44«! Wo ist das denn? Tafel K bekräftigt die Information, gibt aber an, dass man um 1.06 Uhr weiterkäme, mit einem erneuten Umstieg in Chiasso. Der Rheingold fährt nicht durch? Oder verbirgt sich irgendwo ein Kurswagen, den mein nicht mehr ganz geübtes Auge übersehen hat? Ich finde nichts.

Ein letzter Versuch, jetzt richtig anspruchsvoll, eine Verbindung durch die westdeutsche Provinz, Sommer 1982, von Laasphe im Wittgensteiner Land ins lippische Oerlinghausen, werktags, weil sonntags kein Zug fährt. Laasphe ab 8.10 Uhr, Cölbe an 9.05, nur zweite Klasse, aber ein lokbespannter Zug (Kursbuchstrecke [KBS] 362), Cölbe ab 9.50, Korbach an 11.20, Triebwagen, nur zweite Klasse, aber ebenfalls mit Gepäckbeförderung (KBS 530). 12.05 Uhr weiter mit dem neu eingelegten Eilzug Marburg-Hagen-Köln, der einen Kurswagen von Bad Wildungen nach Köln führt, Brilon Wald an 12.42 (KBS 532). Die direkte Verbindung über Büren nach Paderborn, die früher einer der langlaufenden »Heckeneilzüge« durchs Hinterland genommen hatte, in diesem Fall von Frankfurt nach Bremen, ist eingestellt, also um 12.46 Uhr mit E 3498 nach Altenbeken, an 14.11. Der Zug macht unterwegs 20 Minuten Kopf in Warburg, und da steht der Hinweis, dass er von Marburg kommt (KBS 350, 340). Wäre es also schneller gegangen? Zurück zur Tabelle 530 und nachschauen. Ja, fährt eine knappe Stunde später in Marburg ab, nein, hält nicht in Cölbe und hat auch keinen späteren Anschluss von Laasphe. Da geht der nächste Zug nämlich erst um 12.10 ab. Es bleibt bei 8.10 Uhr Reisebeginn, und weiter. Den Zug um 14.10 bekommt man in Altenbeken nicht, aber um 14.48 den Heckeneilzug Paderborn-Wilhelmshafen, Lage (Lippe) an 15.20 Uhr (KBS 205), ab 17.04, Oerlinghausen an 17.19 Uhr (KBS 204). Die Fahrt hätte 9:09 Stunden (heute 6:25) gedauert, was mich die Suche gekostet hat, habe ich nicht gestoppt.

Sind die Bundesbahn-Fahrpreise zu hoch? Bitte urteilen Sie selbst: Fahrpreisindex: 2. Klasse Personenzug (1938=100) Hin u. Rückf. 155 (Aug. 55) Lohnindex: (1938=100) 227 (Aug. 55). Berücksichtigen Sie bitte noch, daß über 90 % aller

Fahrgäste der Deutschen Bundesbahn verbilligt reisen, davon über 50% zu den konkurrenzlosen Preisen der Zeitkarten des Berufs- und Schülerverkehrs. (Kursbuch, Sommer 1956)

Wer ein Kursbuch aufschlägt, hat sofort die Komplexität des Reisens vor Augen. Schon in einer einzigen Tabelle sieht man, wie viele Züge auf einer normalen Hauptstrecke ineinandergriffen. Das Kursbuch bot durch Blättern, Querverweise und die Schachtelung mehrerer Strecken in einer Tabelle beständig Varianten an, zum Beispiel das Angebot, über Castrop-Rauxel zu fahren, statt über Essen, oder schnell noch einmal die Strecke von Lemgo nach Hameln zu nutzen, weil man die falsche Seite aufschlug und zufällig erkannte: Da fahren so wenige Züge, diese Strecke muss demnächst bestimmt dran glauben.

Das Smartphone fokussiert effizient auf eine Verbindung. Alle anderen liegen jenseits des Wahrnehmungshorizonts und müssen immer aktiv gesucht werden. Am Kursbuch konnte (und kann) man sich festlesen wie an einem Roman. Es war ein Pendant zu den Reiseberichten des frühen 19. Jahrhunderts, die die Reiseplanung erleichtern, aber auch das Reisen in der Fantasie, im Lehnstuhl daheim ermöglichen sollten. Es versprach Autonomie, weil viele Leute bis in die 1970er Jahre kein eigenes Telefon besaßen und der nächste Schalter der Bundesbahn oft weit entfernt war. Und die deutschen Staatsbahnen begriffen es als imposanten Leistungskatalog, weil es zeigte, dass die Schienenstränge wie feine Adern das ganze Land durchzogen. Bis in die 1950er Jahre war das Streckennetz wahrlich dicht. Allenthalben gab es Nebenbahnen, und wo besonders wenige Menschen wohnten, behalf man sich mit noch kostengünstigeren Schmalspurbahnen. Kreuzen Sie auf der Straße einen schnurgeraden, ebenen Radweg mitten durch die Landschaft – und prüfen Sie auf »OpenStreetMap« oder im Eisenbahnatlas von Schweers und Wall, ob das nicht eine aufgelassene Bahnlinie gewesen ist.

Ein Motor, der ständig läuft, ist früh verbraucht; der Mensch, der sich keine Urlaubsreise gönnt, auch. (Kursbuch, Sommer 1961)

Ich bin Historiker, ich muss zuerst wissen, wie die Geschichte der Kursbücher aussah. Sie beginnt im Dunkel des 19. Jahrhunderts und lässt sich nicht mehr genau rekonstruieren.[1] Was ich finde: Ursprünglich wurden die Abfahrtszeiten in Zeitungen und auf Aushängen veröffentlicht. Je mehr Strecken

1 Postamtmann Merrettig, *Das Reichskursbuch*. In: *Archiv für Post und Telegraphie*, Nr. 67, 1939; Erich Krapp, *125 Jahre Kursbuch*. In: *Die Bundesbahn*, Nr. 51, 1975;

es gab, je mehr Züge fuhren, desto näher lag wohl die Idee, die Abfahrtszeiten zu systematisieren und in eigenen Publikationen zusammenzufassen. Als erstes reguläres Kursbuch gilt das *Eisenbahn-, Post- und Dampfschiff-Cours-Buch,* herausgegeben im Jahr 1850 vom Königlichen Generalpostamt in Berlin. Dessen amtlicher Charakter lag darin begründet, dass die Post neben den Verbindungen in Deutschland und Europa *alle* Anschlüsse verzeichnete; die diversen Länder- und Privatbahngesellschaften hatten zuvor nur diejenigen genannt, die Reisende auf ihre eigenen Züge lenken sollten. Die Züge im *Cours-Buch* nahmen 42 Seiten ein, die Postkutschenkurse 54, die Schiffe acht. 1867 schwoll der Umfang auf 460 Seiten an, 1913 auf über 1100, 1999 war das Kursbuch der Deutschen Bahn – in einem Band! – mit 2477 Seiten acht Zentimeter dick. Die Post- und Bahnbusse hatten längst ein eigenes Fahrplanbuch bekommen.

> *Der Bahntelegraf steht auch für Privattelegramme zur Verfügung. Normale Gebühren!* (Kursbuch, Sommer 1956)

Es wechselte mehrmals seinen Namen, die langlebigsten: *Reichs-Kursbuch* ab 1881, *Deutsches Kursbuch* ab 1936, *Amtliches Kursbuch Westdeutschland* mit Gründung der Bundesrepublik, *Kursbuch Gesamtausgabe* ab 1971. Die Herausgabe war offenbar so lukrativ, dass zwischen den Kriegen zeitweise zwei amtliche und parallel dazu die Kursbücher privater Verlage herausgegeben wurden. 1932 initiierte die Reichsbahn eine große Kursbuchreform. Sie unterzog die mittlerweile mit Informationen verstopften Tabellen einer gründlichen Überarbeitung und ließ eine gut lesbare Schrifttype entwickeln, die »Reichsbahnschrift«. Das Layout wurde aufgeräumter, großzügiger, überschaubarer, bis die Bahn zu Beginn der 1980er Jahre den Lichtsatz einführte mit seinen schneeweißen, klinisch reinen Tabellen. Mit der vollständigen Umstellung ein paar Jahre darauf war das Kursbuch grafisch vollendet – und ein knappes Vierteljahrhundert später erledigt.

> *Zeit ist Geld. Schnellverkehrsnetz der Deutschen Bundesbahn. Moderne Diesel-Schnelltriebwagen und Fernschnellzüge mit Speisewagen und Schreibabteil. Auch bei mehr als 100 km/h sorglose und angenehme Fahrt.* (Kursbuch, Sommer 1956)

Marius von Baross, *Das Amtliche Kursbuch – der Katalog der Deutschen Bundesbahn*. In: *Die Bundesbahn*, Nr. 30, 1956.

Noch dunkler wird es, als ich wissen will, wie man seinerzeit die Datenmengen gebändigt hat. Das ist ja interessant, wenn man bedenkt, dass die Züge selbst durch ein kompliziertes Mensch-Maschine-System mithilfe schwerer Signalhebel und von papiernen Fahrbefehlen dirigiert, eingeschoben und notfalls umgeleitet wurden. Das kostete Zeit und senkte den Durchsatz auf einer Strecke doch erheblich herab. Ähnlich sah es mit der Herstellung des Kursbuchs aus. In den späten fünfziger Jahren soll es sieben Millionen Ziffern, Zeichen und Buchstaben enthalten haben, 5000 auf jeder Seite.[2] Die Bahn musste vor jedem Fahrplanwechsel vier hochkomplexe und unterschiedliche Systeme miteinander koordinieren, nämlich den Kundenbedarf, die Kapazitäten ihres Streckennetzes, das vorhandene Zugmaterial und den Personalbestand. Das alles mithilfe von Schreibmaschinen, Wählscheibentelefonen, ratternden Fernschreibern und endlosen Listen auf Papier. Wie ging das überhaupt? Wie viel Zeit kostete das? Die Lehrbücher der Bahn, die ich gefunden habe, deuten immerhin die organisatorischen Abläufe an. Elaborierte Grafiken beispielsweise zeigen, welche Instanzen an den Verhandlungen um den Fahrplan beteiligt waren, wo die europäische Fahrplankonferenz eingriff, wann das aufbereitete Material in die Setzerei, die Runddruckmaschinen und in die Buchbinderei ging, wie die Vertriebswege ausgestaltet waren und die Abrechnung aussah.

Entwürfe und Korrekturen wanderten 47 Wochen lang durch Instanzen mit eigentümlichen Kürzeln. Doch die Datenverarbeitung selbst erscheint als reine Blackbox, ein schwarz umrahmtes Rechteck mit dem lapidaren Text: »Kursbuchstelle – Aufbau und redaktionelle Bearbeitung durch 19 Bearbeiter«.[3] Der Leser wird abgespeist: »Für den Laien ist es einfach ein Rätsel, wie es dem Kursbuchsetzer [tatsächlich: 80 jahrelang geschulten Setzern] möglich ist, sich aus den vielen Änderungen in den Druckvorlagen, den roten, gelben, grünen, blauen und lila Zeichen und Strichen herauszufinden. Nur äußerst tüchtigen und geschulten Kräften ist es möglich, in der kurzen Zeit nach diesen Druckvorlagen die Satzformen herzustellen, um der Kursbuchstelle einwandfreie Druckabzüge zu liefern.« Mehr wollte die Bahn nicht preisgeben. Ihr Ziel war es, »das in mühevoller Kleinarbeit aufgebaute Fahrplannetz der Deutschen Bundesbahn in eine für alle Interes-

2 Georg Kramp, *Das Amtliche Kursbuch der Deutschen Bundesbahn*. In: *Der Eisenbahnfachmann*, Nr. 32, 1958.

3 Merrettig, *Das Reichskursbuch*; August Groll / Hermann Kayser, *Fahrplanwesen*. Starnberg: Keller 1966.

senten gut lesbare Sprache zu übersetzen«. Das präsentierte sie den Kunden, ein gut lesbares Buch!

> **Der Weg vom Bahnsteig führt durch die Sperre!** *Das weiß jeder. Trotzdem schleichen manche, wie Diebe, auf anderen Wegen hinaus, wiewohl sie zu Hause streng auf Ordnung sehen. In der Öffentlichkeit brauchen sie das nicht – meinen sie.* **Der Gebildete geht, ohne zu drängen, selbstverständlich durch die Sperre.** (Kursbuch, Winter 1949/50)

Vor dem Lichtsatz war *alles* von Hand im Bleisatz montiert. Die Trennlinien verliefen krumm von oben nach unten, die Ziffern waren stramm in die Spalten eingepresst, leere Flächen waren punktiert, Bahnhofsdurchfahrten erst mit einem einfachen Anführungszeichen, später mit einer durchgezogenen Linie gekennzeichnet. In den Morgenstunden waren die Tabellen noch leer, auf der Fläche ließen sich dann durchlaufende Züge und Wagen auflisten, manchmal schmal und lang über zwei Seiten hinweg. Wenn ein Zug mehrere Bahnhöfe durcheilte, war Platz, um seinen Zuglauf zu notieren, hochkant, mitten im Wort unterbrochen, wenn er doch hielt; dort neben den F-, D- und Eilzugzeiten die punktierte Linie, die auf die Zuschlagpflicht hinwies; hier noch ein Symbol eingequetscht, dafür die Abfahrtsziffer gestaucht; Pfeile zu Anschlusszügen verliefen, unterbrochen von Trennlinien und Zugnamen, quer über die Tabellen – ein Sammelsurium an Ziffern, Buchstaben und Symbolen, und die Bedeutung der wenigsten Zeichen war fix. Zwei feine senkrechte Striche links *neben* der Fahrzeit beispielsweise besagten, dass der Zug nur die erste Klasse, dieselben Striche *zwischen* Stunden- und Minutenziffer, dass er täglich Bahnpost führte.

Vor der Kursbuchreform wurde der kleinste Raum genutzt, um solche Erläuterungen oder den Fahrplan einer Nebenbahn noch unterzubringen, auf ein und derselben Seite Quer- und Hochformat geschachtelt, oder es wurden *neben* den Satzspiegel zusätzliche Züge montiert, mit einem dicken Balken gerahmt. Vor Gründung der Deutschen Reichsbahn waren außerdem die Zugbezeichnungen nicht einheitlich, man hatte mit unterschiedlichen Währungen und sogar Länderbahnzeiten zu kämpfen. Wer 1880 von Lauda nach Würzburg fuhr, entnahm der Tabelle für das Ziel zwei Ankunftszeiten, nämlich die Karlsruher und die etwas spätere Münchner Zeit, um die Anschlüsse der Badischen und der Bayrischen Staatsbahnen planen zu können. Das 24-Stunden-System wurde in Deutschland 1927 eingeführt, vorher wurden die Nachtzeiten von abends 6 bis morgens 5.59 Uhr unterstrichen. Man benötigt wirklich größte Genauigkeit und viel Zeit, um die überbordende Fülle an Zeichen und kaum sichtbaren Punktierungen zu erfassen und zu verstehen. Was sagt die schwarze Raute im *Amtlichen Kursbuch Süddeutschland, Winter 1952/53*, Tabelle 306? »Zug verkehrt erst nach Lieferung der Schienenomnibusse.« Sommer 1950, Tabelle 251m: »b« = »verkehrt nur jede 3. Woche bis und von Weitefeld«. Das Quadrat, Sommer 1966, Tabelle 246a? »Zug kann jederzeit ausfallen.« An einem Samstag das unscheinbare »a« übersehen (Zug verkehrt werktags außer Samstag), schon steht man da.

> *Kennen Sie das Amtliche Omnibus-Kursbuch? Es gibt Auskunft über Bahnbus- und Kraftpostlinien. Sie können jeden einzelnen der 4 Teile herausnehmen.* (Kursbuch, Sommer 1961)

Solche Hinweise sollten den Fahrgästen helfen, die richtige Verbindung zu finden. Doch darüber hinaus stecken die Kursbuchblätter voller kulturhistorischer Verweise. Nur wenige Beispiele: 1914 wurde ein Schlafwagen von Basel nach Frankfurt bis Gießen weitergeführt, wenn nur ein einziger Reisender das wünschte. 1927 überraschte der unangenehme Vermerk, dass man für die Zahnradstrecke der Höllentalbahn zwischen Hirschsprung und Hinterzarten die doppelte Fahrpreistaxe zahlen musste (später machten schwere Dampfloks die Zahnstange überflüssig). Das Kursbuch 1944/45 war imponierend umfangreich, da konnte man noch in die Steiermark, ins Generalgouvernement oder mit dem D-Zug bis nach Brest-Litowsk reisen – allerdings war das nun wirklich eine Art Roman, die Fiktion fahrplanmäßiger Züge.

Die Folgeausgabe für 1946 war übergangslos dünn wie ein Hemd und der Zugverkehr bis zur Unkenntlichkeit verknappt. Hannover – Bielefeld: vier Züge werktags, keiner sonntags, dazu drei D-Züge, die »nur auf besondere Anordnung« verkehrten. Dafür tauchten eigentümliche Haltepunkte wie die »Umsteigstelle km 9,25« auf, oder an einem Bahnhof mittenmang endeten *alle* Züge. In solchen Fällen waren dann Viadukte gesprengt, und man musste einen Fußweg zur anderen Talseite auf sich nehmen. Schon im ersten bundesdeutschen Kursbuch vier Jahre darauf war kaum noch eine Strecke unterbrochen. Schließlich der erwähnte Schienenbus vom Winter 1952/53, der damalige »Nebenbahnretter«. Er würde zehn Minuten schneller sein als der Dampfzug, den er ersetzen sollte, zügiger, bequemer und letztlich doch erfolglos in seiner Mission.[4]

4 Ein Hinweis, dass der Dampfzug nur bis zur Lieferung der Schienenbusse fahren würde, fehlt allerdings. Der Wust an Daten musste seinerzeit manuell geprüft werden, da rutschte sogar durch, wenn ein Zug im Folgebahnhof angeblich früher abfuhr als auf der vorhergehenden Station.

> *Betriebsausflüge im Tanzwagen fördern das Betriebsklima.* (Kursbuch, Sommer 1978)

Allein diese wenigen Beschreibungen vermitteln eine Ahnung, welche Lebenstaktung man den Kursbüchern zwischen den Zeilen ablesen kann. Plötzlich ist das nicht mehr nur eine seltsame Ästhetik, sondern verweist auf eine vergangene Welt, auf eine langsame Moderne, durch die dröhnende Züge schwerfällig ihre Bahnen zogen, erst von Dampfloks geschleppt, dann von Diesel- und E-Loks, deren Schaltschütze knallten, wenn sie mühsam beschleunigten. Auf den Bahnhöfen waren die Türen einzeln von Hand zu schließen, das besorgten die Fahrgäste auf das langgezogene Kommando »Türen schließen!«, sonst musste der Schaffner den ganzen Zug entlanggehen.[5]

Die automatische Türschließung seit den 1960er Jahren war das, was der Computer für die Reiseplanung bedeutet: Zeitersparnis. Aber über die Nebenbahnen rumpelten noch bis in die 1990er Jahre viele der alten, dunkelgrünen Umbauwagen und Triebwagen, bei denen eine Umrüstung nicht lohnte. Gingen die Türen nach innen auf, konnte man sie getrost offenstehen lassen, das habe ich auf einem sommerlichen Schienenbus in Bayern genießen können (und in Karelien erlebt – da brauste der Zug allerdings mit wohl 160 Stundenkilometern durch die finnischen Wälder; das war schon wunderlich).

> *Platz nehmen, abschalten, jede Reise zur Erholungsreise machen. Gut essen, gut trinken wie in dem gemütlichen Restaurant an der Ecke.* (Kursbuch, Sommer 1978)

Diese Moderne strukturierte das Leben anders. Wer ein Billett benötigte, ging zum Fahrkartenschalter. Für den Nahverkehr gab es braune Pappkarten, denen ein Datum aufgeprägt wurde, das ging recht flott. Für den Fernverkehr machte sich der Beamte daran, aus einem Buch den Fahrweg samt Fahrpreis zu ermitteln, dann wurde mit Kugelschreiber eine Fahrkarte ausgefüllt und noch der Zuschlag ausgegeben. Nur in den Großstadtbahnhöfen hielten monströse Fahrkartendruckmaschinen Einzug, die der Fahrgast in Reihen hinter dem Schalterglas erspähen konnte. Brauchte man zusätzlich die Verbindung, schlugen der Beamte oder die Beamtin das Kursbuch auf, das über die Saison hinweg abnutzte und zerfledderte: haptisch greifbare

5 Nur bei U- und S-Bahnen schlossen die Türen schon vorher automatisch, aber die gab es bis 1971 allein in Hamburg und Berlin.

Temporalität. Rasch voran kommen wollte man auch damals, aber die Fahrten mussten genauer geplant werden. Das erforderte Zeit (oder, wenn man das hatte, Personal) und war verbindlicher. Komplizierte Verabredungen wurden vorab per Brief getroffen: Wann kreuzen sich unsere Zugfahrten, in welchem Bahnhof können wir uns im Wartesaal Erster Klasse eine halbe Stunde lang treffen?

> *Raucher steigt in Raucher ein oder laßt das Rauchen sein.* (Kursbuch Süddeutschland, Winter 1952/53).

Das musste sein, denn auch nach dem Wiederaufbau fuhren nur wenige Züge. Mellrichstadt, Zonengrenze, Sommer 1950: werktags acht Züge Richtung Schweinfurt zwischen 4.43 und 18.41 Uhr, sechs Züge sonntags. 1978 gab es nur noch zwei Sonntagsverbindungen, die erste um 15.45 Uhr (oder man nahm einen der fünf ergänzenden Buskurse). Heute? Züge täglich und stündlich in zwei Richtungen. Braubach am »Romantischen Rhein« mit der berühmten Marksburg: Im Sommer 1961 hielt zwischen 7.11 und 11.19 (sonntags gar 12.15) Uhr kein Zug von Koblenz aus. Das war der Nahverkehr auf der rechten Rheinstrecke, einer der beiden Nord-Süd-Magistralen der alten Bundesrepublik. Heute stündlicher, teils halbstündlicher Taktverkehr. Auf der Strecke Hamburg – Hannover hat die Bahn im Sommer 1982 unter Hinzuziehung aller Eil- und Fernzüge mit Mühe gut stündlich eine Verbindung anbieten können.

> *1567* [sic] *Millionen Reisende beförderte die Bundesbahn im Jahre 1955. Jeder Einwohner der Bundesrepublik fuhr 1955 im Durchschnitt 757 km mit der Bundesbahn!* (Kursbuch, Sommer 1956)

Vierstündige Fahrtplanlücken auf den Unterwegsbahnhöfen von Hauptstrecken waren durchaus gewöhnlich, auf Nebenbahnen sogar bloß drei bis vier Züge am ganzen Tag. Wir dagegen sind einen Taktverkehr gewöhnt, der immer zur selben Minute verkehrt, selbst auf Nebenbahnen zumeist stündlich. Heutige Pendlerexistenzen wären damals gar nicht denkbar gewesen. Nur in Berlin schoben sich kurz nach der Jahrhundertwende die Züge auf der Stadtbahn rhythmisch im Abstand von zwei bis drei Minuten hintereinander weg. Wie das technisch ging, ist mir unbegreiflich: behäbige Dampfzüge und Wagen, bei denen jedes Abteil eine Tür hatte, die geschlossen werden musste. Offenbar waren die Großstädter diszipliniert, getaktet als Fahrgäste und als Bahnpersonal. Für Haupt- und Nebenbahnen wurde der Taktverkehr dagegen lange Zeit abgelehnt, da er die Bedürfnisse der Menschen verkenne.

Die waren ja auch anders. Morgens zur Arbeit, nachmittags zurück, viele Menschen reisten nicht öfter. Auf dem Land gab es mittwochs und samstags Züge, die nur an Markttagen fuhren.

> **Näherst Du Dich Deinem Reiseziel,** *dann rüste Dich rechtzeitig zum Aussteigen. Meist sind die Wagen voll besetzt, so daß Du im letzten Moment nur mit »spitzen« Ellenbogen zum Ausgang gelangen kannst, wenn überhaupt.* **Schiebe Dich rechtzeitig und rücksichtsvoll zur Tür.** (Kursbuch, Winter 1949/50)

Bis weit in die Nachkriegszeit lagen vergleichsweise viele Orte nahe einer Bahnstrecke, wobei »nah« meint, dass man durchaus fünf Kilometer zu Fuß zur nächsten Station auf sich nahm. Wer wollte, konnte mobil sein, auch auf dem Land, nur nicht so bequem und flexibel wie heute. Als das Auto nach dem Krieg die völlige Bewegungsfreiheit nicht mehr bloß versprach, sondern immer mehr Menschen tatsächlich ermöglichte, konnte die Bahn nicht mithalten. Sie sah die sinkenden Fahrgastzahlen, die steigenden Defizite und setzte bei vielen Nebenstrecken auf den Omnibus. Ein letztes »Alibi-Zugpaar« – als Euphemismus der Bahn: ein »verbleibendes Repräsentativ-Zugpaar«[6] – fuhr zu bewusst unattraktiven Zeiten, um die Unrentabilität der Strecke zu beweisen, die ohnehin kaum noch jemand nutzte.

Das war der berüchtigte »Rückzug aus der Fläche«. Er erboste die Landräte und Bürgermeister, weil ihre Region von der Bahn abgehängt werde; vorher hatten sie jedoch Bundes-, Land- und Umgehungsstraßen bauen lassen, damit die Kraftfahrer leichter vorankämen. In Bildbänden wie *Abschied von der Schiene* sehen wir das veraltete Wagenmaterial und die so wenig geleckten Bahnhöfe der achtziger Jahre, mechanische Signalanlagen, unbeschrankte Bahnübergänge, Tafeln, die den Zug zum Pfeifen aufforderten, kurze Provinz-Eilzüge hinter schweren Diesellokomotiven und die kleinen, roten Schienenbusse. Melancholische Bilder einer kurzen Geschichte des Niedergangs.

> *In der Eisenbahn können Sie bei hoher Geschwindigkeit arbeiten, speisen, schlafen und sich ungezwungen bewegen.* (Kursbuch, Winter 1952/53)

Man könnte diese Zeit auch die schwerfällige (oder gemächliche) Moderne nennen. Nahverkehrszüge brachten es in der jungen Bundesrepublik auf durchschnittlich knapp 36 Stundenkilometer Reisegeschwindigkeit (also inklusive aller Halte), Eilzüge auf etwa 53, die schweren und leichten Fernzüge

6 Baross, *Das amtliche Kursbuch*.

donnerten mit 60 bis 80 Stundenkilometern durchs Land. Noch heute kann man sich in älteren Wagen in diese Moderne einfühlen, durch das fragende Gefühl im eigenen Körper, ob der Zug wohl die Widerstände der Schwerkraft überwinden werde. Im Kursbuch von 1966 weist die Rubrik »Die schnellsten Züge der Deutschen Bundesbahn« acht Züge mit einer Reisegeschwindigkeit von gerade einmal über 100 Stundenkilometern aus. 1982 kam der IC »Albrecht Dürer« auf 134 Stundenkilometer, im Winter 1990/91, im ersten wiedervereinigten Kursbuch von DB und DR, schaffte es der »Kommodore« auf 163 km/h, aber der raste schon über die Neubaustrecke von Hannover nach Würzburg.

Zeit, alles kostete Zeit, die Herstellung des Kursbuchs, das Suchen der Verbindung, das Warten auf den Anschluss, die Beschleunigung des Zuges, die Fahrt. Und diese mühsame Moderne besaß im gleichförmigen, stählernen Klang der rollenden Wagen einen eigenen Sound, denn nicht einmal die Schaltschütze und knarrenden Motoren der E-Loks waren leise, vom Bellen der anfahrenden Dampfloks ganz zu schweigen. Das Dröhnende, Schwere, Wuchtige dieser Moderne war in das damalige Lebensgefühl eingeschrieben.

Dann kam die Wende: kurz vor der Wiedervereinigung ein doppelter Paradigmenwechsel. Da wurde die Schnellfahrstrecke von Hannover nach Würzburg eingeweiht. Die Lüftungen der ersten ICEs ließen sich zwar ebenfalls lautstark vernehmen, wenn die Züge triumphierend von ihren Sprints über die Betonpiste in den Bahnhöfen einliefen, aber es waren glatte, weiße Schlangen, die nun mit 250 Stundenkilometern einmal die Stunde durch das Land rauschten. Und in den folgenden Jahrzehnten wurden sie immer leiser, schneller und glatter, wie auch die Nahverkehrszüge. Man hört sie alle kaum noch, sie beschleunigen summend und so leicht, dass der Körper die Bewegung kaum mehr wahrnimmt.

Bis zu den sechziger Jahren war die Umschlagfarbe der Kursbücher ein schweres Braun, dann wechselte die Bahn im Sommerhalbjahr auf ein majestätisches Rot, im Winter auf Blau, seit 1992 wurden sie in Weiß gebunden. Der weiße ICE, das weiße iBook, das iPhone, die Kursbuchtabellen: schneeweiß. Das war der Traum von einer weißen Moderne wie in der Zwischenkriegszeit mit ihrem reinweißen funktionalistischen Zeilenhausbau und der Elektrizität, dem »Weißen Gold«, statt der dreckigen Kohle.

Und wie die aufgezeilten Häuser damals wurden nun die Züge in den Fahrplantabellen gleichförmig nebeneinander gereiht, als nämlich die Bahn statt des Defizits die Bedarfsweckung durch attraktive Zugangebote zur Leitlinie der Fahrplanplanung machte. Sie hatte schon 1956 festgestellt, dass ein Taktverkehr mit modernen Zügen die Passagierzahlen steigern konnte, aber das kostete Geld, das die Politik seinerzeit noch nicht zuzuschießen bereit war. Gut dreißig Jahre später war das anders. Ich selbst habe in Oerlinghausen den Aufstieg aus der Asche erlebt. Bis in die siebziger Jahre gab es täglich Züge, aber teils vierstündige Fahrplanlöcher. Dann wurde der Sonntagsverkehr eingestellt, samstags fuhr der letzte Zug mittags, und es war nur eine Frage der Zeit, bis die Bahn ganz aufgeben würde. Der Umschwung kam mit der Einführung eines stündlichen Takts (nur werktags), den ersten Sonntagszügen, der Verdichtung auf einen halbstündlichen Takt, erst werktags, nun täglich – wechselweise Nahverkehrs- und Eilzüge – sowie Buszubringern von der Bergstadt Oerlinghausen, knapp 11 000 Einwohner, herunter zum Bahnhof zu allen Bahnen. Jetzt sind die Züge zu jeder Tageszeit prall gefüllt, die Fahrzeit in die Großstadt Bielefeld ist konkurrenzlos, und man kommt, anders als früher, regelmäßig in die Kreisstadt Detmold.

> *Eine Eisenbahnreise erfrischt und entspannt, weil das Fahren ohne den Zwang zur Verkehrszeichenbeachtung ein Hochgenuß ist.* (Kursbuch, Sommer 1956)

Allerorten werden alte Nebenstrecken reaktiviert, und in Deutschland dürften mittlerweile so viele Züge fahren wie noch nie in der Geschichte der Eisenbahn. Zwar geht die erhöhte Flexibilität mit erhöhter Unzuverlässigkeit einher, und der Taktfahrplan mit weniger Struktur: Zugausfälle, verkürzte Laufwege, geänderte Wagenreihungen müssen mithilfe von Smartphones und Monitoren im Zug immer wieder hektisch pariert werden. Jede Zugfahrt ist ein neues Rätsel. Wird sie beginnen? Wie wird sie ausgehen? Aber *ein* Zeitstrahl ist auf den Nullpunkt reduziert. »Suche dauert 0,000002 Sek.« Schon hat man die (alternative) Verbindung.

Und genau dafür ist Mobilität zum Sinnbild geworden, sagt uns die Wissenschaft:[7] Beweglichkeit, Flexibilität, Veränderungswille – das Subjekt der postmodernen Gesellschaft bleibt nicht stehen. Aber ist das Wahl oder Zwang? Die Profiteure der Wohlstandsgesellschaft können es sich leisten, nach Herzenslust zu reisen. Arbeitnehmern eröffnet sich die Möglichkeit, zu pendeln, wenn ihr Arbeitsplatz wechselt, sie aber Haus und Freundeskreis nicht aufgeben wollen, und mit der Bahn können sie zügig weite Strecken täglich bewältigen. Das kapitalistische System hat seit dem 19. Jahrhundert von der Möglichkeit zunehmender und billiger werdender Transporte profitiert, was Nachfrage generierte, die schließlich zu einem »Recht« und einem »Sachzwang« naturalisiert wurde und die Auflösung enger Raum- und Sozialbeziehungen beschleunigt hat.[8]

7 Katharina Manderscheid, *Soziologie der Mobilität*. Bielefeld: transcript 2022.
8 Christoph Maria Merki, *Verkehrsgeschichte und Mobilität*. Stuttgart: Ulmer 2008.

Das Grund*bedürfnis* – zur Arbeit oder zur Schule zu kommen – ist nunmehr ein Menschen*recht*, das jede noch so absurde und klimafeindliche Fahrt sanktioniert und die Forderung nach Spritpreisreduzierung und Nulltarif in Bus und Bahn legitimiert, weil sonst die Geringverdiener abgehängt werden. Je mehr Menschen reisen, desto billiger und klassenübergreifender wird Mobilität. So ein Angebot lässt sich nur schwer ausschlagen, als »Recht« lässt sich fordern, es auszuweiten und noch billiger zu machen, um Mobilität zu »demokratisieren«. Lebensstil und räumliche Entgrenzung bedingen einander, der Lebensstil wird in den Beton neuer Verkehrswege gegossen, die ihn perpetuieren. Freiheit und Umwelt werden gegeneinander ausgespielt.[9]

> *Schnelle Tagesverbindung Wien-Paris und Paris-München mit F 40/39 »Mozart«* (Kursbuch, Sommer 1961)

Grundsätzlich gibt es zwei Optionen. In Deutschland wurden gerade erneut Kubikkilometer Beton verbaut, um die Reisezeit zwischen Stuttgart und Ulm um fünfzehn, demnächst um dreißig Minuten zu verkürzen. Wer eine neue Stelle in Stuttgart bekommt, muss aus Ulm nicht mehr wegziehen.

Die andere Möglichkeit, der Bahnhof von Granville in der Normandie, gut 12000 Einwohner, August 2022: Einer von täglich acht Zügen kommt an, dieser aus Paris. Ein paar Leute warten am Ende des Kopfbahnsteigs, nicht aber um einzusteigen. Der Triebwagen in Doppeltraktion läuft ein, Massen entquellen, einige werden begrüßt, sie knäulen durch die Bahnhofshalle auf den kleinen Vorplatz, wo, orchestriert wie in einem Film von Jacques Tati, ein Linienbus und ein Gewirr von Autos und Menschen durcheinander wühlen. Die Ankunft des Zugs ist ein Ereignis, sommerlich, fröhlich, bunt. Soll es *das* sein? Ankunft 10.58, 14.18, 17.27, 20.56, 23.28 Uhr, dazu vier Regionalzüge bis 8.35 und zwei weitere Verbindungen aus Paris an Freitagen. Nicht weit entfernt, die Strecke zwischen Rouen und Amiens, immerhin zwei Großstädte: neun Züge mit einem Vierstundenloch nach dem Mittagessen, samstags vier, sonntags drei Verbindungen. Wollen wir uns durch ein solches System wieder entschleunigen lassen?

> *Der Gepäckschein in der Tasche ist leichter als Gepäck in der Hand.* (Kursbuch, Sommer 1961)

9 Und was sagt man Paaren, beide berufstätig, aber nicht notwendig am selben Ort? Mobilität hat erheblich dazu beigetragen, diese Lebensform zu ermöglichen. Soll eine der beiden ihren Job aufgeben?

Es spricht alles dafür, dass wir vor einer fundamentalen und existenziellen Entscheidung stehen. Werden wir angesichts des Klimawandels und gesprengter Autobahnbrücken in eine Welt zurückkehren, in der man fuhr, wenn die Bahn einen Zug fahren ließ und man tatsächlich reisen *musste*? Als der Mensch diejenige behäbige Schaltstelle im technischen System Eisenbahn war, die heute Computer und Algorithmen einnehmen? Oder beten wir zum Algorithmus und anderem technischen Fortschritt, dass sie als Wunderwaffen des Anthropozän unser Bedürfnis nach radikalisierter Mobilität befriedigen? So dass wir in Sachen Mobilität den »Turbo zünden« können, wie SPD-Chefin Saskia Esken im Januar forderte? Mehr Mobilität, aber »smart«, um unserem Lebensstil so richtig Schubkraft zu verleihen? Oder doch weniger Auto und mehr Bahn, um unsere Gewohnheiten wenigstens bewahren zu können? Oder gar weniger Mobilität insgesamt, weil selbst »smartes« Reisen die Umwelt zerstört?

Vielleicht sollten wir uns deshalb über die alten und gar nicht mal so alten Kursbücher beugen, um uns wenigstens zu besinnen, nämlich darauf, wie neu diese extreme Mobilität tatsächlich ist, wie jung die Welt der getakteten Geschwindigkeit ist, an die wir uns so gewöhnt haben, und wie wenig das irgendeinem »Naturrecht« entspricht. Und dann mal sehen, wie wir uns entscheiden. Oder ob das Klima für uns entscheiden wird, dass mehr als acht Züge am Tag einfach nicht mehr drin sind. Autos schon gar nicht. Von der SNCF lernen? Auf die alte Bundesbahn besinnen? Vielleicht geht es bald nicht mehr anders. Und wir sollten uns durch Lektüre schon mal vorbereiten.

> *Besonders bequemes Reisen in der Polsterklasse. Angenehme Neuerung: Moderne Ausziehsitze. Mit zwei Griffen bequeme durchgehende Liegestatt aus zwei gegenüberliegenden Sitzen.* (Kursbuch Süddeutschland, Winter 1952/53)

Popkolumne

Abgesänge

Von Jens-Christian Rabe

Auf die Frage, was eigentlich die kleinste Einheit von Pop ist, gibt es einige interessante Antworten: eine Geste, ein Geräusch, ein Laut, ein Sound und manch anderes mehr. Welche man für die überzeugendste hält, hängt davon ab, aus welchem Winkel man gerade auf das Phänomen blickt. Hohe Plausibilität genießt im Nachdenken über Popmusik spätestens seit den siebziger Jahren der soziologische Blick, also die Interpretation der Zeichen des Pop als gesellschaftsanalytisch aussagekräftige Entscheidungen. Das hat gute Gründe. Pop war im Westen längst mehr als Musik, Pop war die Tonspur der Jugend und ihrer Revolten und damit der Zukunft geworden – oder er wurde immerhin als solche wahrgenommen (in Deutschland, traditionell Pop-Entwicklungsland, stand auf den ersten beiden Plätzen der Jahres-Charts 1968 tatsächlich Heintje mit *Mama* und *Du sollst nicht weinen*, in den USA allerdings die Beatles mit *Hey Jude* und Cream mit *Sunshine Of Your Love*).

Vor allem allerdings war und ist Pop als Musik harmonisch, dramaturgisch und rhythmisch eine klassische Genre- oder Formelkunst. Mit anderen Worten: Bei jedem Genre (Rock, Folk, Pop, Hip-Hop, Country, House usw.) gibt es so einfache wie strenge musikalische Konventionen, denen auch die innovativsten Autoren auf die eine oder andere Weise folgen müssen. Tun sie es nicht, kann künstlerisch immer noch Großes entstehen, die Wahrscheinlichkeit jedoch, dass es auch ein großes Publikum findet, ist schlagartig geringer. Das ist Fluch und Segen zugleich. Fluch, weil die Varianz automatisch stark eingeschränkt ist, Segen, weil es sofort auf die feinen Unterschiede ankommen kann. Womit wir wieder bei den kleinsten Einheiten wären.

Das ewige Pop-Paradox

Pop ist so zu der Kunst geworden, bei der es am ehesten möglich ist, dass etwas eigentlich verrückt Avantgardistisches, etwas, von dem man gerade eben noch dachte, es sei einem breiteren Publikum unvermittelbar, ein Nummer-eins-Hit werden kann. Snoop Doggs ostentativ minimalistischen Hit *Drop It Like It's Hot* aus dem Jahr 2004 zum Beispiel, bei dem wesentliche Teile der Musik aus Zungenschnalzen und dem Geräusch bestehen, das eine Graffiti-Sprühflasche macht.

Die Strophe, der Refrain, der Song – also die Einheiten des Pop, die die Aufmerksamkeit des breiten Publikums musikalisch und rezeptionsästhetisch leiten – blieben darüber stabile Orientierungspunkte. Im Grunde überlebten diese Formen alle noch so oft und noch so überzeugend ausgerufenen Tode des Pop, über sämtliche Spielarten und Qualitätsstufen hinweg. Zuletzt wurde er – genretypisch retroman – im vergangenen Herbst von Ole Petras sogar in der Zeitschrift zu Grabe getragen, die seinen Namen trägt, in *Pop*.[1] Herausragende Singles, so Petras, gebe es natürlich immer noch, aber »gesamtgesellschaftliche Anliegen« artikulierten sich nicht länger »in Form von Songs«. Die Gründe für den Bedeutungsverlust sieht er in der Optimierung des Songwritings der Stars (dass an einem Album mehr als zehn Autoren mitarbeiten ist keine Seltenheit mehr) und der damit einhergehenden Normierung: »Es sind zu viele Leute im Zimmer; man fühlt sich angesprochen, aber nicht gemeint.« Zudem seien durch die Digitalisierung die Produktionsmittel zugänglicher, der Musikkonsum sehr unkompliziert und privateste Informationen über die Stars jederzeit verfügbar, was die Sache aber eben auch unverbindlicher mache und wertloser: »Wenn Songs quasi industriell hergestellt werden, keine opaken Orte und genialischen Fertigkeiten mehr vonnöten sind, wenn jedes Lied jederzeit und überall verfügbar ist und lückenlos erklärt wird, sinkt die Bereitschaft, in Popmusik Zeit, Geld, Herzblut zu investieren.«

Notorisch kultur- und kapitalismuskritische Klagen dieser Art sind sicher nicht ganz falsch, womöglich sagen sie allerdings etwas mehr über – im Zweifel Jahrzehnte zurückliegende – Prägungen und Vorlieben des Klägers aus als über den aktuellen Stand des Beklagten. Die Beschwerde, der Pop sei nicht mehr das, was er einmal war und verdorben vom verdammten Geschäft, ist eine Art Grundbass seiner Entwicklung, und nicht mal die scheinen vor ihr sicher, die dereinst auch mal der Grund für die Klage waren. Es gilt das ewige Pop-Paradox: Nur wenn er regelmäßig für tot erklärt wird, steckt noch Leben in ihm. Es ist nur eben im Zweifel ein anderes als das, das die kennen, die dessen Verlöschen beklagen.

What makes this song great?

Um die Situation des Popsongs jenseits dieser stark impressionistischen Urteile besser ermitteln zu können lohnt ein Blick auf den Youtube-Kanal des 1962 geborenen amerikanischen Musikers, Tontechnikers und Produzenten Rick Beato. Er ist eine Art Pop-Polymath und für hiesige Popbegriffe ein wandelnder Widerspruch. Jazz-Studium, Musikdozent an der Universität, dann leidlich erfolgreicher Grunge-Musiker und Session-Gitarrist, später Metal-Produzent und Songwriter, der 2007 mit der Mainstream-Country-Band Parmalee den Song *Carolina* schreibt, der 2013 schließlich auf dem ersten Platz der Country-Charts landet und sich über eine Million Mal verkauft.

2016 geht ein Video auf seinem bis dahin bloß sporadisch bespielten Youtube-Kanal viral, in dem er das absolute Gehör seines damals achtjährigen Sohns Dylan testet. Beato baut danach den Kanal (der inzwischen über 3,3 Millionen Abonnenten hat) kontinuierlich aus, mit »Everything Music«: Theorielektionen, Gitarrenunterricht, Clips zur Popgeschichte, Equipment- und Technik-Folgen, langen musikologisch extrem informierten Interviews mit seinen Lieblingsmusikern von Sting über Pat Metheny bis Keith Jarrett, und mit außergewöhnlich präzisen Popsong-Analysen in seiner Reihe »What makes this song great«, in denen er sich

1 Ole Petras, *Pop ist tot*. In: *Pop. Kultur und Kritik*, Nr. 21, Herbst 2022.

auch als Fan des Mainstream-Pop outet. Wirklich außergewöhnlich sind nicht zuletzt deshalb die Videos, in denen er sich die je aktuellen Spotify-Top-Ten anhört, also die Charts der meistgestreamten Songs beim größten Musikstreaming-Dienst der Welt.

Man darf sich Beato dabei aber eben nicht als schlechtgelaunten alten Hipster vorstellen, sondern als aufrichtig Interessierten, der zwar keinen Hehl aus seinen altmodischen Vorlieben macht, aber auch fest entschlossen ist, sich von ihnen nicht um eine Überraschung bringen zu lassen. In einschüchternder Geschwindigkeit spielt er die Akkord-Progression des jeweiligen Songs nach, bevor es an die Feinheiten von Sound und Produktion geht. Die Quintessenz der Folgen der jüngeren Vergangenheit ist allerdings ernüchternd: Im Großen und Ganzen ist die meistgehörte Popmusik der Gegenwart einfallsloser und eindimensionaler denn je. Was umso frappierender wirkt, wenn er dagegen sofort die ungleich ausgefuchsteren Akkord-Progressionen und Songstrukturen von Earth, Wind & Fire-Hits anspielt: »Jeder Hit aus den Siebzigern war unendlich komplexer als alles, was heute herauskommt.« Oder jeder Grunge- und Indierock-Hit von Radiohead, Nirvana oder Soundgarden aus den Neunzigern. Ganz zu schweigen von den Beatles und den Sechzigern.

Dass ihm das Nachspielen der modernen Hits so blitzschnell gelingt, will er deshalb auch nicht seiner musikalischen Kompetenz zuschreiben. Es liege vielmehr daran, dass in einem aktuellen Hit-Song in der Regel die immergleichen Akkordprogressionen verwendet werden: IV, I, vi, V oder I, V, IV, vi oder IV, I, V oder I, vi, V, IV. Das sei im Grunde schon das gesamte musikalische harmonische Vokabular zeitgenössischer Popmusik. Dem Klang der Produktionen kann er in der Regel mehr abgewinnen.

Beato legt allerdings Wert darauf, dass die Songs, die er musikalisch für so uninteressant wie pophistorisch irrelevant hält, dennoch nicht leicht zu produzieren sind. Und der – gerade eben mit einem Grammy ausgezeichnete – Hit *Unholy* von Sam Smith und Kim Petras hat dann zum Beispiel sogar seinen Segen, was kurioserweise direkt zu TikTok führt, der App, von der viele glauben, sie versetze mit ihrer Logik der Verkürzung, Pointierung und Verdichtung der Popmusik den endgültigen Todesstoß.

Logik des Memes

Tatsächlich dürfte gerade nichts so großen Einfluss auf das Pop-Songwriting haben wie die zum chinesischen ByteDance-Konzern gehörende Video-App, die mit »bloß« über einer Milliarde Nutzern längst mehr Traffic generiert als Facebook, Instagram oder Youtube, obwohl die allesamt jeweils deutlich mehr Nutzer haben. Mitte März wurde bekannt, dass auch der weltgrößte Musikstreaming-Anbieter Spotify seine App umbaut.

Im neuen »Home-Feed« werden künftig nicht einfach nur Songlisten zu sehen sein, sondern auch kurze Videoclips. Oberstes Ziel: die Distanz zwischen der Kunst und »den Menschen, die sie lieben«, zu verringern. Das Mittel: Die Inhalte (fremde Videos, eigene Handyaufnahmen, Songpassagen) müssen – wie üblich bei Social-Media-Apps – von den Nutzern unkompliziert rekombiniert und neu kommentiert werden können. Gute alte Logik des Memes. Zudem ist das Publikum nicht nur engagiert, sondern auch jung (75 Prozent sind unter vierzig). Für Popkünstler gilt bei TikTok, wie Kristoffer Cornils in der *Zeit* anmerkte, die Faustregel: Wenn ein Clip viral geht, der die eigene Musik enthält, taucht er in vielen weiteren Clips auf, und die Spotify-Streams stehen am nächsten Morgen im »neunstelligen Bereich«.

Längst ziehen darum notorische Erfolgsformeljäger aus dem Mittelbau der Musikindustrie wie Benjamin Groff mit Online-Kursen um die Häuser mit der frohen Kunde von den »Key-Elements« des neuen TikTok-Songwritings: »rohe, extreme Sounds«, ein Hip-Hop-Beat, ein ordentlicher Beat-Drop, also eine Stelle, an der der Beat aussetzt, um dann wieder heftig einzufallen, »genug Platz für eine dramatische Auflösung«, eine »markante Zeile«, aus der sich »neuer Content« kreieren lässt oder direkte Handlungsanweisungen (»Flip the switch!«, »Wipe it down!«), und Skits, also hörspielartige Songteile. Alles in allem muss es für »die Leute« einfach sein, mitzusingen und sich eine Choreografie dazu auszudenken. »Keep it upbeat, keep it simple – but still fire!«

All das liest sich wie aus dem Handbuch der Club-Med-Animations-Hölle. Aber frappierend viel davon trifft zum Beispiel auch auf *Unholy* zu, das schon auf eine knappe Milliarde Spotify-Streams kommt: eine Hip-Hop-Beat-Basis, eine markante Zeile (»I hear them whispering 'bout the places that you've been / And how you don't know how to keep your business clean«), amtliche Beat-Drops, genug Platz für dramatische Auflösungen, direkte Handlungsanweisungen (»doin' something unholy«).

Alte Schule

Welcher Ironie welcher Pop-Göttin ist es da eigentlich geschuldet, dass soeben auch Bob Dylans jüngstes Buch *Die Philosophie des modernen Songs* erschienen ist? Das Buch ist natürlich kein sorgsam strukturiertes Theoriewerk. Dylan erzählt vielmehr in sechsundsechzig kurzen Kapiteln von den Songs, die ihm wichtig sind und waren. Die meisten sind aus den Fünfzigern und Sechzigern. Bevor nüchtern Hintergründe erläutert werden, gibt es immer ein paar Absätze zum Inhalt des Songs, oft in Du-Form, um die Atmosphäre, den Vibe eines Songs einzufangen.

Bei Elvis' *Viva Las Vegas* liest sich das dann so: »Das ist ein Song über den Glauben. Über die Art von Glauben, dem du anhängst, wenn du dich mitten in der Wüste unter eine Brause stellst und felsenfest davon überzeugt bist, dass Wasser rauskommt. Oder konkreter, wenn du dir in einer hellerleuchteten Stadt mit blinkenden Neonlichtern, in der es von Pfandleihern und Selbstmördern nur so wimmelt, in der marmorverkleideten Lobby eines Luxushotels von schönen Frauen in hautengen, paillettenbesetzten Trikots, die für ein Trinkgeld mit dir flirten, kostenlose Drinks servieren lässt und ernsthaft glaubst, dass du gewinnen wirst. Kein Wunder, dass deine Seele Feuer fängt.«

Die literarische Form ist etwas gewöhnungsbedürftig in ihrer fingierten Eindringlichkeit, aber doch wirkungsvoll. Ein Song ist für Dylan kein solitäres Geniewerk, das man ehrfürchtig aus der Ferne bestaunen soll, er wird eher aus dem Fundus geteilter emotionaler Erfahrungen geschöpft und schreibt sich im besten Fall in diese selbst wieder ein. Ein guter

Song, so Jens Balzer in der *Zeit* treffend zu Mann und Werk, stifte bei Dylan »ein Gefühl der Aufgehobenheit; man kann sich beim Hören als Teil einer langen Geschichte von Menschen fühlen, die mit den gleichen Verwirrungen des Herzens kämpften wie man selbst, mit der gleichen Unbehaustheit in der Gesellschaft und in der Welt«. Mehr als darum, einen Unterschied zu machen, geht es bei Dylan um das Aneignen und das Fortschreiben von Traditionen. Für das, was auf TikTok passiert, interessiert er sich vermutlich nicht übermäßig. Aber wie beherzt sich dort Songs und Traditionen angeeignet werden, dürfte ihm nicht so fern sein, wie man im ersten Moment glauben könnte. Ganz anders als das Gerede vom Tod des Pop übrigens.

Dazu passt auch das jüngst auf Deutsch erschienene Songwriting-Buch des Wilco-Kopfs und Indie-Folkrock-Weisen Jeff Tweedy: *Wie schreibe ich einen Song*. Tweedy ist zweifellos ein Songwriter der alten Dylan-Schule, aber in der Unbefangenheit und Offenheit, mit der er hier für sein Handwerk wirbt, steckt eine ganz praktische Kraft und naive Unverwüstlichkeit, die alle Todesmeldungen sofort sehr hypothetisch erscheinen lässt. Man nehme nur seinen »Ratschlag 4: Diebstahl«: »Ja. Richtig gelesen. In diesem Buch wird ganz offen zum Diebstahl aufgerufen. Aber Stehlen ist doch falsch, oder nicht? [...] Doch, klar, absolut. Vielleicht ist es einfach auch nicht das richtige Wort dafür, aber sei's drum, wir bleiben fürs Erste trotzdem bei ›Stehlen‹. Fühlt sich irgendwie ehrlicher an, freier und verlockender.«

Natürlich, so Tweedy halte er es für falsch, sich einen fremden Song einfach zu nehmen und als den eigenen auszugeben. Aber: »Nichtsdestotrotz hat so gut wie alles, was von diesem Extrem auch nur minimal abweicht, irgendwie auch einen künstlerischen Wert.« Völlig unverhohlen für sich nutzen könne man zum Beispiel Akkordfolgen. Er habe sich zum Beispiel zuletzt in den Weyes-Blood-Song *Andromeda* verliebt. Als er versucht habe, ihn nachzuspielen, sei er auf drei unerwartete Akkordwechsel gestoßen, die seine Begeisterung für den Song nur noch größer gemacht hätten: »Am Ende schrieb ich drei Songs, die auf genau diesen Akkorden aufbauten. Und keiner davon klingt auch nur im Entferntesten wie *Andromeda* von Weyes Blood.«

Ähnliches gelte fürs Sampeln, er sei für diese Art des Songwritings wahrscheinlich »nicht der allerbeste Ansprechpartner« und wolle dennoch zumindest seine »uneingeschränkte Empfehlung« aussprechen, »wenn Dich diese Art des Musikmachens begeistert«. Beim »Stehlen« von Melodien wiederum liege der Fall etwas heikler, aber es sei eine gute Übung, eigene Texte für eine bereits bestehende Melodie zu schreiben: »Also los, erzähl deinen Eltern die qualvolle Geschichte deines Coming-outs zu Lady Gagas *Poker Face*.«

AltTikTok

Am avantgardistischeren Ende des Pop der Gegenwart kann man – wenn man denn will – hören, was dabei herauskommt, wenn durchaus noch im klassischen Songwriting-Geist komponiert wird, aber unter der Bedingung der ewigen Ungeduld des TikTok-Zeitalters und der gleichzeitigen Verfügbarkeit aller bislang erfundenen Musik. Sie nennen es Hyper Pop. Die Stars des Genres heißen Charli XCX, Sophie, Jockstrap oder 100 gecs. Ihre Songs sind wüste Genre-Collagen aus Pop, Hip-Hop, R'n'B, Dubstep, Drum'n'Bass, Soul, Dance und Rock, dazu Fast-Forward- und Noise-Überfälle und gerne auch mal Vocals, die klingen, als habe sie ein Zufallsgenerator zerhäckselt. Zu gleichen Teilen Parodien und Hommagen der überwältigenden Eingängigkeit von Pop (ein kleiner Hit von 100 gecs heißt *Mememe*, einer von Jockstrap *Greatest Hits*). Musik, die klingt, als seien ihre Schöpfer gleichzeitig Follower und Hater der Benjamin Groffs dieser Welt.

Noch nicht durchgesetzt hat sich die kongeniale Genre-Bezeichnung AltTikTok, wie AltRock, also die bessere, coolere, die alternative Variante von TikTok-Musik. Und wem das immer noch zu viel ist, der höre das im vergangenen Jahr erschienene neue Album *Motomami* der spanischen Songwriterin und Sängerin Rosalía Vila Tobella alias Rosalía. Es ist auch eine Überforderung: Hip-Hop, Dubstep, Reggaeton, Salsa, Gospel, Soul, Flamenco, R'n'B, Radiopop, Industrial, Dancehall – aber dank Rosalías immer leicht elegisch-heiser angebröseltem Gesang in Songs wie *Saoko*, *Hentai*, *G3 N15* oder *Como Un G* weniger nervös-aufgekratzt, dafür erhabener. Musik, die klingt wie der Soundtrack zu einem Demolition Derby in Zeitlupe, bei dem man auf dem Dach eines Wagens sitzt, der um Haaresbreite nie erwischt wird.

Mit anderen Worten, wer immer nur längst Bekanntes oder Schlechteres, Verkommenes hört, der hat vielleicht nur noch nicht das Richtige, Neue, Gute gehört. Und zu wenig von Bob Dylan und Jeff Tweedy gelesen.

Er brachte es fertig, eine *Brit Mila* zu sprengen, weil ihm die Durchführung der Beschneidungszeremonie zu liberal erschien und der Bedeutung des Rituals innerhalb der halachischen Vorschriften nicht Genüge tat. Doch in derselben Stadt, im selben Monat, lud er Gäste zu einer Dinnerparty ein, bei der es als Hauptgang einen großen Hummer gab.

Wie der (west)deutsche Film jung wurde

Von Ekkehard Knörer

Im Januar 1960 kam Fritz Lang nach Berlin. Er war zu dem Zeitpunkt siebzig Jahre alt und längst eine Legende, als einer der großen Regisseure der Weimarer Jahre, der Deutschland wegen der Nazis verlassen und in Hollywood reüssiert hatte. Allerdings war er dort zu dem Zeitpunkt seit einigen Jahren nicht mehr besonders gefragt. Darum hatte er Artur Brauners Angebot angenommen, für dessen Produktionsfirma in den CCC-Studios in Spandau noch einmal Abenteuerfilme zu drehen. So waren *Das indische Grabmal* und *Der Tiger von Eschnapur* entstanden, wurden von der etablierten Kritik in Deutschland eher verlacht, von der jungen Garde in Frankreich dagegen gefeiert; Fritz Lang selbst sprach vom »kindischen Grabmal«, war aber stolz, für das gute Geld handwerklich solide Arbeit geliefert zu haben.

Nun hatte er das Angebot, mit *Die 1000 Augen des Dr. Mabuse* einen weiteren Film für Brauner zu drehen. Volker Schlöndorff hatte durch Vermittlung Lotte Eisners Lang in Paris kennengelernt, wo der junge Deutsche, noch lange nicht selbst Regisseur, in der Cinemathèque unter anderem als Simultandolmetscher bei Vorführungen deutscher Filme agierte. Darauf berief er sich nun bei der Begegnung in Berlin, in seinem Tagebuch notiert er Langs wenig begeisterte Eindrücke von der Filmszene Deutschlands: »Er sprach vom kulturellen Tod des einstigen Berlin. Nicht einmal ein avantgardistisches Kino gäbe es. Die Produzenten seien genauso borniert wie das Publikum [...] Nun habe er in seinem Alter ein halbes oder ein ganzes Jahr verloren. Das Erste, was in Deutschland getan werden müsse, sei die Gründung einer Cinemathek, um wenigstens die Filmschaffenden über das zu informieren, was er und andere in den zwanziger Jahren hier schon einmal erfunden hatten. Die heutigen Kameraleute, Aufnahmeleiter, Requisiteure und auch Autoren seien schlecht.«[1]

Mit der Ansicht stand Fritz Lang nicht allein. Die sechziger Jahre sollten sich als Inkubationszeit des später so genannten Neuen Deutschen Films erweisen, der in den Siebzigern und frühen Achtzigern dem Kino des Landes erstmals wieder weltweite Aufmerksamkeit verschaffte: mit Preisen bei den großen Festivals, dann dem Oscar für Volker Schlöndorffs *Blechtrommel*. Damit dieser neue Anfang möglich wurde, hatte man jedoch erst den Tod des Vergangenen zu diagnostizieren. Das war genau das, was vielfach passierte. So veröffentlichte 1961 der später vor allem als Autor eines Western-Lexikons bekannte Filmkritiker und -historiker Joe Hembus, 1933 geboren, also im Jahr, in dem Lang *Das Testament des Dr. Mabuse*, seinen letzten Vorkriegsfilm in Deutschland, gedreht hatte, ein vielbeachtetes Pamphlet mit dem tief ironischen Titel *Der deutsche Film kann gar nicht besser sein*, in dem er über den deutschen Nachkriegsfilm sagte, was viele unter den Jüngeren genauso empfanden: »Er ist schlecht. Es geht ihm schlecht. Er macht uns schlecht. Er wird schlecht behandelt. Er will auch weiterhin schlecht bleiben.«[2] Seine Gegenüberstellungen von Weimar und dem Nachkriegskino waren polemisch, der Blick bewusst ungerecht und verzerrt, nicht erst heute wird man vieles in deutlich milderem Licht sehen. Gerade die Reduktion des deutschen Kinos der fünfziger Jahre auf den Heimatfilm, und dessen Reduktion auf seine schlichtesten Exemplare, wird heute seinerseits eher als schlechter, wenn auch vielleicht nötiger Mythos betrachtet.[3]

1 Volker Schlöndorff, *Licht, Schatten und Bewegung. Mein Leben und meine Filme*. München: Hanser 2008. Lotte Eisner schildert das so: »In der Not frißt der Teufel Fliegen. Es kam ein Angebot von Atze Brauner. Fritz war zu lange aus dem deutschen Filmbetrieb heraus, um gleich zu übersehen, daß er sich mit dem Abschaum der deutschen Filmbranche zusammengetan hatte.« Lotte Eisner, *Ich hatte einst ein schönes Vaterland. Memoiren*. Heidelberg: Wunderhorn 1984.

2 Joe Hembus, *Der deutsche Film kann gar nicht besser sein*. Bremen: Schünemann 1961.

3 Davon zeugen Retrospektiven und Wiederentdeckungen, am eindringlichsten dokumentiert in: Claudia Dillmann / Olaf Möller (Hrsg.), *Geliebt und verdrängt: Das Kino der jungen Bundesrepublik Deutschland 1949–1963*. Frankfurt: Deutsches Film-

Nicht anders als in Frankreich, wo François Truffaut mit seinem 1954 in den *Cahiers du Cinéma* erschienenen, legendären Artikel *Eine gewisse Tendenz des französischen Kinos* auf so zielsichere wie bewusst ungerechte Weise das französische Kino der fünfziger Jahre als sklerotisiertes »cinema de qualité« verunglimpfte, verlangte der Aufbruch offenbar nach einer Abstoßungsenergie, die sich auf den Gegenstand ihrer Abneigung erst gar nicht weiter einlassen wollte.[4] »Wo immer man hinkam«, schreibt Edgar Reitz, es ist das Jahr 1961 in München, »in den Toiletten der Gaststätten, an den Alleebäumen, an den Schaukästen der Kinos oder in der Universität, leuchteten einem kleine grüne Aufkleber entgegen mit dem Slogan: PAPAS KINO IST TOT.« Die jungen Rebellen in Deutschland hatten immerhin den Vorteil, sich auf die Nouvelle-Vague-Vorkämpfer in Frankreich berufen zu können, auf ihre Initiativen, Kritiken und ihre ersten, als Revolution empfundenen Filme, was Joe Hembus am Ende seines Buchs mit einer Hommage an Jean-Luc Godards *A bout de souffle* auch ausdrücklich tat.

Liest man die im vergangenen Jahr erschienenen Erinnerungsbücher von Edgar Reitz, von Werner Herzog und Margarethe von Trotta und den Gesprächsband mit Erika und Ulrich Gregor, kann man die Entstehung einerseits des biografischen Wunsch und Drangs beobachten, gegen das existierende Kino Filmkunst zu schaffen, und andererseits die Entwicklung von ökonomischen, publizistischen, vergangenheits- und zukunftspolitischen Infrastrukturen, die das Neue Deutsche Kino erst möglich machten, das sich dann als Aufbruch der männlichen Genies (Fassbinder, Wenders, Kluge, Herzog etc.) inszenierte.[5] Wobei man bei Margarethe von Trotta, den Gregors und bei Edgar Reitz an den Passagen zu seiner zeitweiligen Film- und Lebenspartnerin Ula Stöckl auch jenen Strang verfolgen kann, der sich um den Kampf von Frauen um die Teilhabe an den von Männern für Männer eröffneten neuen Möglichkeiten dreht. Das Strukturelle erkennt man dabei eher im Rücken der Erinnerungen, die sich das eigene Leben in der Gesellschaft als individuelle Sache erklären. Umso interessanter sind dabei jene Individuen und Figuren (selten, wenn nicht niemals die Eltern), die Weichen in Richtung neuer Zukünfte stellen, obwohl sie alten Vergangenheiten entstammen.

institut 2016. Vgl. zuletzt aus zeithistorischer Sicht Jonathan Schilling, *Mehr als Heimatfilm. Ruth Leuwerik, die »Trapp-Familie« und der Publikumsgeschmack der Adenauer-Zeit*. In: *Vierteljahrshefte für Zeitgeschichte*, Nr. 71/1, Januar 2023.

4 Für die Filmkritik gilt das über alle Gräben hinweg zum größeren Teil auch, zumindest war das robuste ideologiekritische Handwerkszeug etwa des theoretisch bestens geschulten, aber eben auf Hochkultur gepolten Wilfried Berghahn oder auch Ulrich Gregors sicher geeignet, im Unterhaltungsfilm die Verdrängungsmechanismen, nicht aber dazu, auch die Qualitäten zu sehen, die Nachgeborene heute in ihm entdecken.

5 Die sich entsprechend auch als Genies verstehen sowie benehmen. »Fassbinder hat nie an sich gezweifelt«, stellt von Trotta fest. »Auch Werner Herzog glaubt daran, dass er der Beste ist.« Was es, von Trotta nennt Ulrike Ottinger, allerdings auch unter Regisseurinnen gibt. Zit. n. Margarethe von Trotta, *Gegenwärtig sein. Gespräche mit Thilo Wydra*. Zürich: Kampa 2022.

Es fällt als gemeinsames Charakteristikum auf, dass in den genannten Erinnerungsbüchern das westdeutsche Kino der fünfziger oder sechziger Jahre, von dem sie sich so abgestoßen zeigen, quasi nicht vorkommt. Bei Werner Herzog ist das kein großes Wunder, da er sich für Kino, das er nicht selbst macht, mit prononcierten Ausnahmen ohnehin kaum interessiert.[6] Margarethe von Trotta sagt über die Jahre, in denen sie sich in Paris mit der Cinephilie infizierte, ganz ausdrücklich: »Wir gingen nicht wegen der Schauspieler ins Kino, sondern wegen der Regisseure. Bergman, Hitchcock, Howard Hawks, John Ford, William Wyler, Billy Wilder … Viele könnte ich noch nennen. Nur deutsche Filme sahen wir nicht, auch keine deutschen Stummfilme.« (Letzteres gilt für Schlöndorff und viele andere allerdings nicht.)

Die jüngere Generation sieht sich in gewisser Weise gar nicht auf demselben Feld, denn mit der Unterhaltungsindustrie, als die sich der deutsche Film begriff und als die er bis zum Einbruch der Zuschauerzahlen aufgrund des Fernsehens auch funktionierte, wollte man so wenig zu tun haben, wie dessen Produzenten und Regisseure ihrerseits meist nicht begreifen konnten, was die bis zum Avantgardismus kunstaffinen jungen Männer vom Kino überhaupt wollten. Ein als solcher wegen übergroßer gegenseitiger Fremdheit von kritischer Seite früh thematisierter, aber lange kaum ausgetragener Konflikt zwischen E und U, dem Trivialen und Hochkultur-Emphase, der der Entwicklung des deutschen Films nicht nur gutgetan hat.[7] Nach und nach wurde die Liebe zu Hollywood über die französische Nouvelle Vague auch nach Deutschland importiert, nahm jedoch nicht nur bei Wim Wenders sehr eigentümlich deutsche Gestalt an.

Frankreich war für viele, die für den jungen deutschen Film, aber auch ein anderes Denken und Schreiben über das Kino bestimmend sein sollten, der Ort der Inkubation. Die wichtigste deutsche Filmkritikerin Frieda Grafe und ihr Partner Enno Patalas, Ulrich Gregor und Volker Schlöndorff, aber auch die Regisseurin Ula Stöckl kommen erst in Frankreich ernsthaft mit dem Film in Berührung, Schlöndorff als Regieassistent, alle als Besucher der Cinémathèque unter Leitung von Henri Langlois, neben den späteren

6 Herzog erzählt in seinen Memoiren großartige Geschichten von faszinierenden Menschen, über den Siegl Hans, Gerhard Konzelmann, natürlich Klaus Kinski und viele andere, aber seine Tendenz zur Mythisierung (auch seiner selbst) macht den Band in diesem Kontext zum am wenigsten interessanten. Werner Herzog, *Jeder für sich und Gott gegen alle*. München: Hanser 2022.

7 Helmut Käutner und Herbert Seggelke hatten bereits 1949 ein Memorandum an die UNESCO verfasst, in dem sie die Trennung zwischen »Film-Kunst« und »Film-Unterhaltung« forderten. Darauf verweist der heutige Leiter des Festivals von Oberhausen, Lars Henrik Gass, der dieser Forderung für die Gegenwart, in der diese über alle Filmförderstrukturveränderungen hinweg aktuellen Fragen wieder verstärkt diskutiert werden, durchaus zustimmt. Lars Henrik Gass, *Resignatorische Befunde*. In: Dillmann / Möller, *Geliebt und verdrängt*. Das war allerdings noch die Prä-Nouvelle-Vague-Generation, deren Kunstverständnis Hollywood nicht inkludierte. Kein Wunder, dass Helmut Käutner eine Hollywood-Karriere verpasste, weil er es, als das Angebot kam, für unter seiner Film-Kunst-Würde hielt, bei Western Regie zu führen.

Heroen der Nouvelle Vague wie Rohmer, Rivette und Godard. Von zentraler Bedeutung ist für Schlöndorff wie für Werner Herzog dabei eine Figur, die die Gegenwart und die Vergangenheit, Frankreich und Deutschland verbindet: die schon erwähnte deutsch-jüdische Filmhistorikerin und Archivarin Lotte Eisner, die 1933 nach Paris emigrierte, während der Besetzung in das Konzentrationslager Gurs kam, floh, versteckt überlebte und ab 1945 dreißig Jahre lang Chefkonservatorin der Cinémathèque Française war. Als Autorin des 1955 auch in Deutschland erschienenen Bandes *Die magische Leinwand* über den expressionistischen Stummfilm war sie geradezu die Verkörperung einer Filmgeschichte, an die anknüpfen konnte, wer in Deutschland (sei es im Westen oder im Osten, wo mit der DEFA ein nicht nur politisch, sondern auch ästhetisch sehr eigenes Kino entstand) keine Vorbilder, keine Anknüpfungsmöglichkeit entdeckte.[8]

8 Werner Herzog hat das Verhältnis zu Lotte Eisner genealogisch gefasst: »Die Eisnerin, wer war das für den neuen deutschen Film? Wir sind eine Generation von Waisen, es gibt keine Väter, allenfalls Großväter, auf die wir uns beziehen konnten, also Murnau, Lang, Pabst, die Generation der 20er Jahre. Es ist ja seltsam, dass die Kontinuität im deutschen Film durch die Barbarei der Nazi-Zeit und die darauf folgende Katastrophe des Zweiten Weltkriegs derart radikal abriss. Der Faden war zuende, eigentlich vorher schon. Der Weg führte ins Nichts. Da klaffte eine Lücke von einem ganzen Vierteljahrhundert. In der Literatur und in anderen Bereichen war das keineswegs so dramatisch spürbar. Deshalb hat uns Lotte Eisners Anteilnahme an unserem Schicksal, also an dem der Jungen, eine Brücke in einen geschichtlichen, einen kulturgeschichtlichen Zusammenhang geschlagen.« Vorwort zu Lotte Eisner, *Ich hatte einst ein schönes Vaterland.*

Informelles und Institution

Einiges über die Kontakte nach Frankreich und nach Paris, die eine intellektuelle Neuorientierung in (West)Deutschland befruchteten, kann man in einem Band erfahren, für den Maike Mia Höhne und Claudia Lenssen Gespräche mit Erika und Ulrich Gregor geführt haben. Die beiden, 1934 beziehungsweise 1932 geboren, waren neben Frieda Grafe und Enno Patalas das wichtigste Paar im Kino-(Diskurs)-Aufbruch der sechziger und siebziger Jahre. (Die einen in Berlin, die anderen in München, den beiden Hauptstädten dieses Aufbruchs, auch den beiden Städten, in denen 1966 die ersten genuinen Filmhochschulen entstehen.) Ulrich Gregor lebte von 1954 bis 1956 als Student in Paris, knüpfte viele Beziehungen, die wichtig wurden und blieben, und schickte für die in Hamburg angesiedelte linke *Andere Zeitung* Berichte nach Deutschland. Er gehörte dann zu den wichtigsten Autoren der 1957 von Enno Patalas und Wilfried Berghahn gegründeten *Filmkritik*, die für Jahrzehnte die intellektuell bedeutendste deutsche Filmzeitschrift blieb;[9] er

9 Schon das Vorgängerprojekt *Film 58* war in den *Cahiers du Cinéma* freudig begrüßt worden, wo der Kritiker Louis Marcorelles im April 1959 schrieb: »La première revue sérieuse de cinéma de l'Allemagne fait aujourd'hui son apparition sous le titre langien de F., alias Film 58. Rédacteur en chef: Enno Patalas, figure familière des festivaliers.« Zit. n. Lukas Schaefer, *Cineastische Internationale der langen 1960er Jahre. Eine transfer- und verflechtungsgeschichtliche Biographie der westdeutschen Zeitschrift »Filmkritik«*. In: Dietmar Hüser (Hrsg.), *Populärkultur transnational. Lesen, Hören, Sehen, Erleben im Europa der langen 1960er Jahre*. Bielefeld: transcript 2017.

und seine Frau Erika Gregor waren Mitgründer der Freunde der Deutschen Kinemathek 1963, des damit verbundenen Filmkunstkinos Arsenal 1970 und dann des Berlinale-Gegenfestivals Internationales Forum des Jungen Films im Jahr darauf.[10]

Die eigentliche Stärke des Bandes ist allerdings, dass er nicht komplett auf die tendenziell anekdotischen Auskünfte der beiden fokussiert, sondern dieses Zentrum durchweg durch Zitate und Zeugnisse aus dem Umfeld, durch Gespräche mit weiteren, oft mindestens genauso wichtigen Beteiligten anreichert. Was nur am Rande erwähnt wird, ist dabei die Filmclub-Bewegung, aus der heraus sich auch in Deutschland ein intellektueller Diskurs über das Kino zu formen beginnt. Sie wird in der französischen und britischen wie in der sowjetischen Besatzungszone gefördert und erlebt in den fünfziger und sechziger Jahren eine erstaunliche Blüte. Mit dem *Filmforum* gibt der Dachverband eine eigene Zeitschrift heraus, zu deren Lesern auch der Abiturient Ulrich Gregor gehört. Wilfried Berghahn, eine der zentralen Figuren dieses Milieus, mit Jürgen Habermas und Günter Rohrbach Gründer des Filmclubs in Bonn, Autor der ersten Musil-Monografie und für viele Medien und Zeitungen tätig – darunter auch der *Merkur* –, hat 1957 beachtliche 219 Filmclubs in Deutschland gezählt.[11] Im Jahr 1971 löst sich der Dachverband der Filmclubs dann auf, die Filme, die dort liefen, sind nun im Fernsehen, aber auch in vielen Kommunalen Kinos zu sehen, die Verbreitung der Filmkunst und Filmkunstgeschichte hat sich im Lauf der Jahre professionalisiert und institutionalisiert.

Die Stadt, Staat und Politik freilich eher abgerungene als von diesen aktiv beförderte Entwicklung hin zur Eröffnung des Arsenal ist dafür nur das prominenteste Beispiel. Wie aus dem immer auch politischen Engagement cinephiler Privatleute Strukturen und Institutionen entstanden, berichten die Gregors sehr anschaulich und konkret in den Gesprächen. Viel Geld zu verdienen war weder durch die zunächst nur in angemieteten Räumen mögliche Vorführung von Filmen noch durch Artikel in der Filmpresse. Die Mieten in Berlin waren allerdings günstig, 60 Mark pro Person in einer Wohngemeinschaft, wenn es dennoch knapp wird, dürfen es auch die »angestoßenen Tomaten« für das Pfund Spaghetti sein, das nur 30 oder 40 Pfennig kostet.

Ulrich Gregor verbindet das Angenehme mit dem Nützlichen, die Leidenschaft mit der Karriere, vom Honorar für die gemeinsam mit Enno Patalas verfasste *Ge-*

10 Claudia Lenssen / Maike Mia Höhne, *Kino, Festival, Archiv. Die Kunst, für gute Filme zu kämpfen. Erika und Ulrich Gregor in Gesprächen und Zeitzeugnissen*. Marburg: Schüren 2022.

11 Ulrich Gregor erinnert sich an seine ersten Berührungen mit den Filmaktivitäten der Clubs: »Ich fragte mich in der englischen Besatzungsbehörde durch. Da gab es eine Filmabteilung, wo man hauptsächlich Kulturfilme über englische Landschaften bekommen konnte, aber auch Kurzfilme von Charlie Chaplin. So muss man sich meine ersten Schritte in Richtung Filmclubarbeit vorstellen. Darüber kam ich mit anderen Filmclubs in Kontakt, auch mit dem damals wichtigen Dachverband der deutschen Filmclubs. Die Tagungen dieses Verbandes waren berühmt, weil Regisseure eingeladen wurden.«

schichte des Films können sie zwei Jahre leben. 1966 wird er Dozent an der neu gegründeten Berliner Filmhochschule DFFB, aus deren erstem Jahrgang achtzehn Studenten aufgrund politischer Turbulenzen sogleich relegiert werden, darunter Harun Farocki und Hartmut Bitomsky, der Jahrzehnte später zum Direktor der Hochschule wurde. Drei Dozenten treten zurück, Gregor unterrichtet bis 1972, dann wird das Internationale Forum der Berlinale zu wichtig, das seinerseits eine internationalistische und linke Stoßrichtung, ausdrücklich auch mit Interesse an den dissidentischen Strömungen jenseits des Eisernen Vorhangs besitzt.

Es ergibt sich bis 1966 aus dem Lebenslauf für die Bewerbung an der DFFB (er ist dem Band beigegeben) das Bild der typischen kulturbetrieblichen Mischkalkulation, vom zeitlichen Aufwand her »eigentlich ein Ding der Unmöglichkeit« (Ulrich Gregor). Aus Leidenschaft und der Notwendigkeit, Geld zu verdienen, ergeben sich Karriere und der Aufbau von Institutionen – im klassischen Sinn einer Verfestigung und Verstetigung von zunächst ohne langfristigen Plan entstandenen Tätigkeiten. Aus dem realen Freundeskreis der Cinephilen geht 1963 der eingetragene Verein der Freunde der deutschen Kinemathek hervor, der über Jahrzehnte existierte – und die bis heute vorhandene Lücke markierte: Es gibt in Deutschland keine mit der französischen Cinemathèque vergleichbare, vor allem auch vergleichbar gut ausgestattete Institution, die die Funktionen des Archivs und der Belebung der gegenwärtigen Filmkultur vom Staat unterstützt in sich vereint.

Idealismus kollidiert an vielen Stellen mit Realpolitik, Ulrich Gregor stellt fest: »In bestimmten Fällen ist ein Verein wie die Freunde […] nicht anders als in gewisser Weise autoritär zu leiten.« Und als erst ein Kind kommt, dann ein zweites, haben sie zwar genug Geld, sich ein Haus leisten zu können, aber Erika Gregor kocht, macht die Wäsche von Hand, kümmert sich um die Kinder, und zwar neben allen Aktivitäten in Berlin und Festivalreisen: »Wenn ich mich heute angucke, denke ich, dass da ein gehöriger Teil Masochismus im Spiel war, oder sagen wir Stolz, dass ich alles schaffe.«

Als der junge ungarische Regisseur István Szábo nach Berlin kommt, mietet er sich, weil er sich dort wohlfühlt, im Haus der Gregors ein – und übernimmt, wenn sie weg sind, schon mal telefonisch Sekretärsdienste. In einer Rede hat er sich später erinnert: »Diese Küche, von der aus ich einen Berliner Garten sah, war mit ihrem Wachstuch-gedeckten Tisch, den hölzernen Geschirrborden und Erikas und Ulrichs Kümmellikör eines der wichtigsten Zentren des europäischen Films der vergangenen Jahrzehnte. Für viele Menschen öffnete sich von dieser Küche aus ein Fenster in die Welt. Ob andere es wissen oder nicht, es glauben oder nicht, es war so. Diese Küche war eine lebendige Europäische Filmakademie.« Küchenphilosophie als Theorie der Institution: Die Verhältnisse, in denen Neues entsteht, sind immer konkret. Es sind die informellen Strukturen, die die formellen möglich machen.

Den Ruf in sich spüren

Es ist ausgerechnet die Stadt Oberhausen, damals noch eine Ruhrgebiets-Großstadt mit Bergbau und Stahlindustrie, die zum bis heute legendären symbolischen Zentrum des Aufbruchs wird. Hilmar Hoffmann, damals Leiter der Volkshochschule der Stadt, nachmals bundesweit einflussreicher Kulturfunktionär, hatte 1954 in Kooperation mit dem Filmclub vor Ort unter dem Namen »1. Westdeutsche Kulturfilmtage« ein Festival gegründet, das nur Kurzfilme zeigte. Der Begriff »Kulturfilm« war für die Ausrichtung, nämlich die radikale Absetzung von Film als Kulturindustrie, nur zu bezeichnend. Denn auf dem Feld des Kurzfilms tummelte sich die internationale Avantgarde (aus dem Westen, aber auch aus dem Osten), im kurzen Film, der abseits der Industrien entstand, konnten sich junge Filmemacher, deren Ambition meist sehr wohl in Richtung Lang-Spielfilm ging, ausprobieren, Experimente wurden nicht kritisch beäugt, sondern waren gefragt. Im Jahr 1962, bei der achten Ausgabe des Festivals, verfassten dann sechsundzwanzig junge und nicht mehr ganz so junge deutsche Filmemacher das berühmte *Oberhausener Manifest*. Darin begrüßten sie den von ihnen diagnostizierten Zusammenbruch der deutschen Spielfilmindustrie und schrieben selbstbewusst: »Wir erklären unseren Anspruch, den neuen deutschen Spielfilm zu schaffen.«

Edgar Reitz stellt in seinen Erinnerungen allerdings fest, was bei diesem Anspruch mal wieder nicht inkludiert war: »Die zweite Seltsamkeit [die erste ist, dass alle sich siezten] ist, dass es in der Oberhausener Gruppe keine einzige Frau gab. So sehr wir die Mentalität der Vätergeneration ablehnten, so sehr trugen wir doch noch viele Denkgewohnheiten von ihr in uns […] Frauenberufe im Film waren Cutterinnen, Lichtbestimmerinnen im Kopierwerk, natürlich Masken- und Kostümbildnerinnen und Schauspielerinnen. Die Ausnahme Leni Riefenstahl war wegen ihrer Affinität zu den Nazis derart belastet, dass niemand sie zum Vorbild hätte nehmen wollen.«[12]

Reitz war und ist der neben Alexander Kluge einzige weit über die Grenzen Deutschlands hinaus bekannte der Unterzeichner des *Manifests*, wenngleich er zu Weltruhm erst spät und nach dem Ende der eigentlichen Blüte des Neuen Deutschen Films gelangte: mit den als Folge von Filmen konzipierten, vom Fernsehen produzierten Serien *Heimat* und *Die Zweite Heimat*, die aber mit großem Erfolg auch auf Filmfestivals liefen. Alle anderen Unterzeichner sind heute nur noch Kennern bekannt, es gibt gute Gründe, etwa Ferdinand Khittls *Die Parallelstraße* (1962), Peter Schamonis *Schonzeit für Füchse* (1966) oder Haro Senfts seit den siebziger Jahren entstehende Kinderfilme sehr zu schätzen. Es ist ohnehin oft bemerkt wurden, dass den »neuen deutschen Film« dann erst die Regisseure (und gegen viele Widerstände auch Regisseurinnen) der nächsten Generation »geschaffen« haben,[13] Herzog, Fassbinder, Schlöndorff, von Trotta, Ulrike Ottinger, Werner Schroeter, Klaus Lemke, Rudolf Thome, Helma Sanders-Brahms, Helke Sander – Reitz' in dieser Zeit entstehende Filme waren im besten Fall Achtungserfolge, im nicht seltenen Fall wenig beachtete Flops, so auch die

12 Edgar Reitz, *Filmzeit, Lebenszeit. Erinnerungen*. Berlin: Rowohlt 2022.

13 Zwar lief die Böll-Verfilmung *Das Brot der frühen Jahre*, bei dem der Oberhausen-Unterzeichner Herbert Vesely Regie geführt hatte, 1962 im Wettbewerb von Cannes, fand allerdings bei der internationalen Kritik wenig Beachtung.

sehenswerte Nazi-Dramödie *Reise nach Wien* (1973), für die Reitz im Rückgriff auf eine biografische Episode aus dem Leben seiner Mutter bereits in den heimischen Hunsrück zurückgekehrt war.

Aber auch wenn es mit dem großen Erfolg noch dauern sollte, war der Aufbruch von Oberhausen auch für ihn und seinen weiteren Werdegang wichtig: »Das Kurzfilmfestival von Oberhausen war allen bekannt, die Ende der fünfziger Jahre den Ruf in sich spürten, den Film als die neue Kunstgattung des 20. Jahrhunderts zu entdecken.« Es ist dieser Ruf, den auch Edgar Reitz in sich spürte. Sein Werdegang hatte ihn aus dem Hunsrück vom Berufswunsch »Dichter!« zum Studium der Theaterwissenschaft beim kurz vor der Emeritierung stehenden berühmten Artur Kutscher (einst schon Lehrer von Bert Brecht und Erwin Piscator und auch Helmut Käutner) in München und dann zum Mitarbeiter der »Gesellschaft für bildende Filme« geführt, wo er andere ambitionierte Filmemacher wie Ferdinand Khittl und Peter Schamoni kennengelernt hatte; in München kam er dann in Kontakt mit den Initiatoren des Manifests, insbesondere Haro Senft und Alexander Kluge, die sich hier als Gruppe »Doc 59« regelmäßig in einem Hongkong-Restaurant in der Münchner Tengstraße trafen. Für sie wie für ihn selbst war das Feld des Werbe- und des Industriefilms zum Ort geworden, an dem Experimente möglicher waren als in der real existierenden Film- als Unterhaltungsindustrie.

Die Kapitel über Reitz' Aufbruch in die Welt und seine Lehrjahre des Kinos sind der faszinierendste Teil seiner Erinnerungen, die, für das Genre typisch, mit dem Erfolg zwar zu zahlreichen Begegnungen mit anderen Berühmtheiten führen, aber dafür an Tiefenschärfe und Farbe verlieren. Zwei heute vergessene Männer sind es, denen Reitz den Einstieg ins Filmemachen verdankt. Der eine ist ein Herr namens Willy Zielke, der bei einer »Gesellschaft für bildende Filme« zu Reitz' Lehrmeister wird: »Mitte fünfzig, mit grauer Mähne und auffallend hoher Stimme. Er ›säuselte‹, wenn er sprach, was mir ein wenig peinlich war. Gleichzeitig wirkte er kränklich, zerbrechlich, sodass man den Impuls in sich spürte, ihm zu helfen.« Zielke schwört auf eine edle, aber äußerst kompliziert zu bedienende und deshalb kaum noch eingesetzte alte Kamera namens »Askania«, die ihn noch dazu an seine traumatische erinnerte Vergangenheit fesselt: »Mehrmals«, erinnert sich Reitz, »hatte ich Zielke in Panikanfällen erlebt, bei denen ihn die Schreckensvision heimsuchte, dass Leni Riefenstahl ihn auch noch nach zwanzig Jahren von ihren Nazi-Schergen beschatten ließ.« Für diese Panik gab es sehr wohl guten Grund: Willy Zielke hatte entscheidenden Anteil am Prolog der *Olympia*-Filme gehabt, für die Riefenstahl dann die alleinige Autorschaft beanspruchte. »Als Zielke um sein Recht kämpfte, soll Riefenstahl ihn als Geisteskranken denunziert und sich mit Hilfe ihrer Nazi-Verbindungen des Konkurrenten entledigt haben [...] Zielke wurde 1937 zwangsweise in eine geschlossene Psychiatrie gesperrt, wo er fünf Jahre lang [...] für medizinische Experimente missbraucht und zwangssterilisiert wurde.«[14]

14 Der Gipfel des Zynismus war es dann, glaubt man der Schilderung von Nina Gladitz, dass Riefenstahl nach fünf Jahren die Entlassung Zielkes bewerkstelligte, weil sie ihn als Kameramann für ihren Film *Tiefland*

Edgar Reitz dreht mit Zielke einen Dokumentarfilm über Aluminium, »Zielkes Lust am Experiment war grenzenlos«, Filterfolien, Milchglasscheiben, Nebel, Zeitlupen- und Zeitrafferaufnahmen, komplizierte Kamerafahrten: Es klingt teuer und größenwahnsinnig ambitioniert: »Ich [...] legte mir ein Büchlein an, in dem ich jeden Einfall und jede Verrücktheit Zielkes notierte. Ich wollte mir dieses unendliche Repertoire von Möglichkeiten tief einprägen.« Am Ende kommt es zum Streit, Reitz wird im Abspann nicht einmal genannt, es wird überdies der letzte Film des schwierigen Künstlers Willy Zielke bleiben: »Er lebte noch über dreißig Jahre, ohne dass die Filmwelt Notiz von ihm nahm.«

Unwahrscheinlicher noch, märchenhaft fast, ist das, was Reitz bald darauf bei der Werbefilmfirma Insel-Film erlebte. Er bewirbt sich, wird genommen und bekommt von deren von allen cinephilen Anwandlungen eigentlich freiem Chef Norbert Handwerk nicht nur ästhetisch Carte blanche, sondern auch noch richtig viel Geld zur Verfügung: »Er bot mir eine Festanstellung als Leiter einer Abteilung an, die er eigens für mich gründen wolle. ›Gruppe Entwicklung und Experiment, Leitung Edgar Reitz. Wie finden Sie das?‹ Wir kannten uns seit einer halben Stunde, und jetzt das!« Der erste Film, den Reitz für Handwerk dreht, ist ein abstrakter Film mit dem Titel *Geschwindigkeit*, der einer strengen Partitur folgt und voller Kameraexperimente steckt, für die Reitz' Abteilung teils eigene Apparaturen entwickelt: »Nie mehr in meinem Leben habe ich mit Hilfe der Kamera in vergleichbarer Weise experimentiert und Theorie betrieben. Aber im Jahr nach Oberhausen erschien der Horizont noch sehr offen.«

Der Film bekommt den Bundesfilmpreis und eine Einladung zu dem Kurzfilmwettbewerb in Cannes, ist heute ein Klassiker seines (zugegeben: nischigen) Genres. Schöner noch: Auch Herr Handwerk war glücklich, es folgten weitere Filme, die er für Reitz und seine Abteilung finanziert – bis hin zu einem überaus ambitionierten Projekt für die Deutsche Bahn, das mit einer neuen Technik, VariaVision, die simultane Vorführung von Bewegtbildern auf sechzehn Leinwänden ermöglicht. Es gelingt Handwerk, die Bahn zur Ausgabe von Unsummen zu bewegen, die Uraufführung erfolgt bei der Internationalen Verkehrsaustellung 1965 in München: »In einer Halle von über zweitausend Quadratmetern wurden Metallgerüste für die schweren Kinoprojektoren errichtet, und in einer Nebenhalle entstand die Steuerzentrale, von der aus das Räderwerk überwacht und gestartet werden konnte. Die Zuspieleinheiten für Musik und Sprache, die Verstärker und Schaltwerke für den Synchronbetrieb sahen aus wie eine elektrotechnische Fabrik [...] Mehrere Fachfirmen, denen man die Aufträge erteilt hatten, bauten monatelang daran.« Ausgerechnet am ersten Tag, bei der Premie-

beschäftigen wollte. Vgl. Nina Gladitz, *Leni Riefenstahl. Karriere einer Täterin*. Zürich: Orell Füssli 2020. Wie schwer es ist, die deutsche Filmgeschichte von Leni Riefenstahl zu befreien, musste auch Margarethe von Trotta erleben. Kaum hatte sie für ihren Film *Die bleierne Zeit* 1981 den Goldenen Löwen in Venedig gewonnen, sah sie sich von einer jungen Journalistin – der Zwillingsschwester Isabella Rossellinis – mit der Frage konfrontiert: »Wie fühlen Sie sich als erste Frau nach Leni Riefenstahl, die diesen Preis bekommen hat?« Von Trotta: »Ich war ziemlich geschockt.«

re vor versammelter Presse, funktioniert die Installation, die im Testbetrieb noch reibungslos gelaufen war, nicht: Es gab »einen Knall und einen Lichtblitz. Das war alles.« In den darauf folgenden Tagen und Wochen läuft alles glatt, es hilft aber nichts. Herr Handwerk macht Reitz die Überkompliziertheit des Ganzen zum Vorwurf: »Der Kunstanspruch darin mache es störanfällig«. Nach Monaten hat sich Handwerk beruhigt, VariaVision sogar bis in die USA zum Patent angemeldet, Reitz jedoch setzt nun ganz auf die störanfällige Seite der Kino-Apparatur, plant seinen ersten Spielfilm *Mahlzeiten*, schlägt die Insel-Film gar für die Produktion vor, aber da macht Herr Handwerk dann doch nicht mehr mit.

Aufbruch und Abbruch

Reitz kann die Industrie- und Werbefilmwelt auch deshalb hinter sich lassen, weil er Teil eines Aufbruchs ist, der am anderen Ort, aber aus durchaus ähnlichem Geist erfolgt: in der deutschen Provinz, nämlich in Ulm. Die Geschichte der Hochschule für Gestaltung, die 1953 von Inge Aicher-Scholl, Otl Aicher und Max Bill gegründet wurde, ist oft erzählt worden. Sie war der Versuch, die Bauhaus-Tradition mit stärkerer theoretischer Unterfütterung fortzuführen, ein Ethos der Sachlichkeit in Design und Denken gegen das Kunst-Pathos, das im Fünfziger-Jahre-Westdeutschland noch sehr stark war, in Stellung zu bringen. Eine Filmabteilung war in Ulm zunächst nicht geplant, die Leitung der Hochschule ist zunächst auch sehr skeptisch: »In uns Filmemachern sahen die Gründer der Schule eine Gefahr; sie befürchteten, dass wieder ein Künstlertum in die Schule einziehen könnte, das man gerade überwunden zu haben glaubte [...] Selbst Begriffe wie ›Stil‹ wurden bekämpft und erst recht der Gedanke der ›individuellen Selbstverwirklichung in zweckfreien Werken‹.«

Ganz unberechtigt ist der Kunst-Verdacht also nicht, der Autorenfilm, um den es Reitz und den Oberhausenern geht, schreibt Ausdruck, Kunst und im Zweifel auch Genie größer, als es den »Funktionalitäts«-Freunden in Ulm lieb sein konnte. Zu seinem Glück hat Edgar Reitz jedoch einen gleichaltrigen Juristen und Adorno-Schüler mit literarischen sowie filmemacherischen Ambitionen an seiner Seite, der sich im Lauf der nächsten Jahre und Jahrzehnte als Hans Dampf und Allzweckwaffe in allen Gassen und Institutionen, in Theorie wie Praxis wie allem dazwischen erweisen wird: Alexander Kluge. Dieser entwickelt eine Potemkin-Strategie der normativen Kraft des Fiktiven zur Einwerbung umfangreicher staatlicher Gelder, die für Neugründungen spärlicher fließen als für den Ausbau bereits existierender Institutionen und Infrastrukturen: »Wie aber würden wir der Förder-Kommission ein Institut vorführen können, das es noch gar nicht gab? Wir mussten es inszenieren! So, wie man es für einen Film inszenieren würde.«

Und so geschah es. Es wird ein Drehbuch für die Begehung durch die Staatsbeamten und Politiker, Sponsoren und Kirchenleute geschrieben, es werden Kameras, Scheinwerfer, Schneidetische geliehen, Türschilder gedruckt (»SEKRETARIAT, FILMARCHIV, SCHNEIDERAUM 1 bis 3, ÜBUNGSRAUM KAMERA, UNTERRICHTSRAUM REGIE« usw.) und Freunde geheuert, die spielen, was sie gern wären: Regisseure, Techniker, Dozenten. Die Performance ist gekrönt von durchschlagendem Erfolg: »Es kam zu einem spontanen Konsens, dass man diese ›Erste deutsche Autorenschule‹ in Ulm fördern müsse.« So die vielleicht, vielleicht auch nicht, ein wenig ausgeschmückte Erinnerung von Edgar Reitz, der in jedem Fall eine Professur in Ulm erhalten, Dozenten aus Ulm für seine teuren Werbefilm-Experimente einsetzen und dann mit vielen Ulmer Mitarbeitenden seinen ersten Spielfilm *Mahlzeiten* drehen konnte. Mit dabei, frisch aus Frankreich mit großem Auteurinnen-Ehrgeiz: Ula Stöckl, die zur Partnerin wird, im Film wie im Leben. Mit *Neun Leben hat die Katze* (1968) dreht sie als Abschluss in Ulm mit einer französischen Hauptdarstellerin den schönsten Nouvelle-Vague-Film deutscher Sprache. Da spielt dann auch Edgar Reitz als Mann mit, den die Heldin von der Seite seiner Freundin verdrängt.[15] Von Fördergeldern, die nach Reitz' zweitem (erfolglosem) Film *Cardillac* übrig sind, drehen die beiden zusammen, ohne Drehbuch, ohne Verleih (er wird dann in Kneipen-Kinos gezeigt) die Episoden für einen der feministischsten, albernsten, avantgardistischsten Filme der deutschen Nachkriegszeit: *Geschichten vom Kübelkind* (1970).

Da war die Hochschule für Gestaltung insgesamt schon abgewickelt, nicht nur, aber entscheidend doch aus politischen Gründen, den Konservativen war der Geist der Sache suspekt. Von Ulm aus und mit völlig freien Filmen wie den *Geschichten vom Kübelkind* hätte der deutsche Film ganz anders weitergehen können, womöglich sogar zusätzlich inspiriert durch meist eher untergründig und mit sehr wenig Geld aktive Anarchisten wie Hellmuth Costard, Herbert Achternbusch und Vlado Kristl. *Die Geschichten vom Kübelkind* jedoch gingen sang- und klanglos unter, die Anarchisten blieben minoritär, von den Oberhausenern feierte zunächst nur Alexander Kluge Erfolge, als Autor und als Regisseur, dann als Film- und Fernsehförderlobbyismus-Genie. Für den Neuen Deutschen Film, der international Furore machte, standen andere, die heute noch bekannten Namen, eben Fassbinder, Herzog und Wenders. Edgar Reitz bekam seine zweite Chance und hat sie genutzt. So ist es gekommen, hat es aber nicht kommen müssen.

15 Für Ula Stöckl, deren Karriere nach dem großartigen Beginn bald versandete, hat Claudia Lenssen konstatiert: »Ula Stöckl blieb eine Außenseiterin, das Ringen um Auszeichnungen, Finanzierungsquellen, internationales Image und Diskurshoheit im engen Feld der bundesdeutschen Filmkultur machten die männlichen Kollegen des Neuen Deutschen Films unter sich aus.« Claudia Lenssen (Hrsg.), *Film-Konzepte 53 – Ula Stöckl*. München: Edition Text + Kritik 2018.

Generativität
Über ein Desiderat in der Philosophie

Von Tatjana Noemi Tömmel

> »It is hard to speak precisely about mothering. Overwhelmed with greeting card sentiment, we have no realistic language in which to capture the ordinary / extraordinary pleasures and pains of maternal work.«[1]

Meine Arbeit an diesem Aufsatz wurde jäh unterbrochen, als die Pandemie mein Heimbüro um einen Privatkindergarten erweiterte. Die Lage von Eltern weltweit zeigte mir aber umso deutlicher, dass die von der Philosophie bisher kaum beachtete Frage, was Eltern eigentlich tun, aktuell ist. Denn einerseits galten Eltern plötzlich als die stillen Helden der Krise, andererseits wurde mit überraschender Selbstverständlichkeit angenommen, dass berufstätige Eltern im Homeoffice ihre Kinder nebenbei noch betreuen und beschulen können. Wer nach Rat suchte, wurde schnell auf technische Mittel verwiesen. Ja, ein Universitätspräsident dachte sogar, Mütter in der Wissenschaft durch das »Tablet in jeder Schultüte« zu entlasten.[2] Offenbar werden Eltern immer noch als Verwalter ihrer Kinder angesehen. Eltern bewahren ihre Kinder aber nicht auf wie eine Garderobe Kleider. Was ist es, was Eltern eigentlich tun?

Gibt es eine Philosophie der Elternschaft?

Vor einigen Jahren beschrieb die Lyrikerin Dagmara Kraus die Banalität der Mutterschaft: Müttern fehlt es demnach nicht nur an Muße zum Dichten, sondern ihr Leben sei angesichts von Windeln und Rotznasen aller Poesie beraubt. Kein Wunder, dass Mütter schon mal den Tod ihrer Kinder fantasierten.[3]

Ja, es fehlt Müttern – heute auch immer mehr Vätern – an Muße. Kaum ein Beruf fordert so radikal den pausenlosen Einsatz: tags, nachts, tags. Aber fehlt es auch an Poesie? »Il est gracieux«, sagte eine Französin im Vorbeigehen über meinen Sohn. Sie hat Recht. Mit ihm ist meine Welt voller Anmut. Wer mir nicht glaubt, soll Schlegels *Lucinde* zur Hand nehmen, denn beschreiben kann ich sie nicht. Unweigerlich glitte das Erzählen vom ästhetischen Entzücken am eigenen Kind ins Kitschige ab.

Doch nicht nur die Dichtung ist kinderlos, sondern auch die Philosophie. Obwohl es ihr Wesen ausmacht, auch das scheinbar Selbstverständliche mit Staunen zu betrachten, wurde die Tatsache, dass Menschen andere Menschen zeugen können, in der langen Geschichte der Phi-

1 Sara Ruddick, *Maternal Thinking. Toward a Politics of Peace*. Boston: Beacon Press 1995.

2 Christian Thomsen, *Die Publikationslücke der Frauen*. In: FAZ vom 10. Juni 2020.

3 Dagmara Kraus, »... *grammatickt mamal aus* ...«. In: *Merkur*, Nr. 808, September 2016.

losophie so gut wie nie als Wunder oder auch nur als ein erwähnenswertes Thema angesehen.[4] Während Tod und Sterblichkeit von der Antike bis zur Existenzphilosophie im Zentrum philosophischer Überlegungen standen, war der Anfang des menschlichen Lebens kaum je ein Thema.

Die Fruchtbarkeit als Gegenstück zur Sterblichkeit, also die Möglichkeit der Fortpflanzung, und die Frage, was dies für den Einzelnen bedeutet, wurden so gut wie nie reflektiert. Verblüffend ist das philosophische Desinteresse an Elternschaft, wenn man bedenkt, welchen Stellenwert all diejenigen Schaffensprozesse haben, welche die erste, leibliche Geburt überlagern: Angefangen von der »zweiten Geburt« des Menschen durch Bildung und Erziehung, über den Geniekult, der im Künstler den Menschen an sich entdeckt, bis hin zu den gegenwärtigen Versuchen, künstliches Leben, Künstliche Intelligenz oder transhumane Menschen zu erschaffen, kreist das Denken um die Schöpferkraft der Menschen. Warum also gibt es keine Philosophie der Elternschaft?

Naheliegend ist, die Gründe hierfür in den Geschlechterverhältnissen zu suchen: »Sehr wahrscheinlich ist es mir«, schrieb Günther Anders, »daß gewisse philosophische Motive niemals aufgetaucht wären, wenn nicht Männer, sondern Frauen den Faden der Geschichte der Philosophie gesponnen hätten. Fichtes monströser Homunkulus-Gedanke eines ›sich selbst setzenden Ich‹ ist zum Beispiel von einer schwangeren Frau einfach unnachvollziehbar [...] Ebenso scheint mir plausibel, daß der Begriff ›Welt‹ anders aussehen würde, wenn er seine Artikulierung durch Wesen erfahren hätte, die andere Wesen ›zur Welt bringen‹ können, also durch Frauen.«[5]

Allzu naheliegend vielleicht. Anders als die Geburt im engeren Sinne betrifft die Elternschaft schließlich beide Geschlechter. Sicher ließe sich damit argumentieren, dass die maßgeblichen Philosophen nicht nur fast ausschließlich Männer waren, sondern in erstaunlich hoher Zahl kinderlose Männer – von Platon angefangen über das christliche Mittelalter, in dem die Philosophie Angelegenheit des Klerus war, über Descartes, Leibniz oder Kant bis ins 20. Jahrhundert mit Wittgenstein, Sartre oder Foucault.

Die Väter Sokrates, Aristoteles, Rousseau, Hegel, Heidegger oder Derrida sind hier eher Ausnahmen – und ihr Umgang mit den eigenen Kindern ist in einigen Fällen berüchtigt.[6] Auch viele Philosophin-

4 Zumindest Augustinus scheint einen Sinn für das alltägliche Wunder des Lebens zu haben: »Ein Toter ist auferstanden, die Menschen haben sich verwundert; aber so viele werden täglich geboren, und niemand wundert sich. Wenn wir genauer darüber nachdenken, so ist es ein größeres Wunder, daß einer, der nicht war, das Leben empfängt, als daß einer, der gelebt hat, wieder auflebt.« Aurelius Augustinus, *Vorträge über das Johannes-Evangelium (Tractatus in Iohannis Euangelium)*. München: Kösel 1913.

5 Günther Anders, *Lieben gestern. Notizen zur Geschichte des Fühlens*. München: Beck 1997. Anders weiß, dass er Fichte damit Unrecht tut.

6 Ich denke natürlich an Rousseau, der seine fünf Kinder ins Waisenhaus gab, wo sie aller Wahrscheinlichkeit nach starben. Dagegen ist es eine der wenigen sympathischen Anekdoten, die sich über Heidegger erzählen lassen, dass er als »moderner Mann« allein mit seinem Sohn im Zug reiste und ihn zum Erstaunen der übrigen Fahrgäste auch »kunstgerecht« zu versorgen wusste (Martin

nen haben – aus eigener Entscheidung oder durch die Zeitumstände bedingt – oft keine Kinder bekommen (Elizabeth Anscombe mit ihren sieben Kindern ist eine völlig verblüffende Ausnahme). Dass es eigener Kinder tatsächlich nicht bedarf, zeigen aber die Überlegungen von Philosophinnen wie Hannah Arendt und Simone de Beauvoir, auf die ich später zurückkomme.

Will man wie Günther Anders mit dem Geschlecht argumentieren, dann nicht mit dem faktischen Geschlecht der Philosophen, sondern eher mit ihrer Abgrenzung gegen das »andere« Geschlecht und seine angeblich naturwüchsigen Tätigkeiten. Tatsächlich bestätigen die wenigen Beispiele, in denen sich Philosophen und Philosophinnen scheinbar mit der menschlichen Generativität auseinandersetzen,[7] eher die Behauptung, dass Elternschaft in der Philosophie keine Rolle gespielt hat: So nimmt sich Sokrates zwar die Hebammenkunst seiner Mutter zum Vorbild, und Platon lässt ihn im *Symposion* vom »Zeugen im Schönen« sprechen. Doch weder die bloß assistierende Maieutik des »unfruchtbaren« Sokrates noch die Idee schöpferischer Transzendenz sind Ansätze zu einer Philosophie der Elternschaft, denn sie wenden sich ganz explizit von den leiblichen Geburten der Kinder – durch Frauen – zugunsten der geistigen Schöpferkraft – der Männer – ab. Das »Kind« der »intelligenten Wesen« ist nämlich der logos.[8]

Angestoßen durch Hannah Arendts Überlegungen zur Natalität[9] hat sich im ausgehenden 20. Jahrhundert zwar ein Bewusstsein dafür entwickelt, dass die Fortpflanzung des Menschen seit der Antike im Schatten der geistigen Selbsthervorbringung des Subjekts stand und Zeugung, Schwangerschaft und Geburt metaphorisch vereinnahmt und überlagert wurden.[10] Doch selbst wenn die »Geburtsvergessenheit« bemerkt worden ist,[11] kann von einem »rastlose[n] Umkreisen der Natalität«,[12] gar von einem »Wechsel des philosophischen Paradigmas«[13] nicht die Rede sein. Tatsächlich sind Arendts Thesen zur »Gebürtlichkeit« nicht weniger metaphorisch als das Platonische »Zeugen im Schönen«. Mit der durch die leibliche Geburt gestifteten Beziehung zwischen Eltern und Kindern hat die Aufwertung der »Natalität« als Fundament der Politik so gut wie nichts gemein.

Die »Familie« spielt zwar in der Politiktheorie hin und wieder eine Rolle, die philosophische Pädagogik beschäftigt sich seit Locke und Rousseau mit dem Kind

Heidegger, *»Mein liebes Seelchen!« Briefe Martin Heideggers an seine Frau Elfride, 1915–1970*. Hrsg. v. Gertrud Heidegger. München: DVA 2005).

7 Ich entlehne diesen Begriff Erik H. Erikson, *Identität und Lebenszyklus*. Frankfurt: Suhrkamp 1966: »Generativität ist in erster Linie das Interesse an der Erzeugung und Erziehung der nächsten Generation.«

8 G. W. F. Hegel, *System der Sittlichkeit*. Hamburg: Meiner 2002.

9 Hannah Arendt, *Denktagebuch 1950–1973*; *Vita activa oder Vom tätigen Leben*. Beide 2002 in München bei Piper.

10 Christina Schües, *Philosophie des Geborenseins*. Freiburg: Alber 2008.

11 Hans Saner, *Die philosophische Bedeutung der Geburt*. In: *Studia philosophica*, Nr. 35/147, 1975.

12 Hans Blumenberg, *Höhlenausgänge*. Frankfurt: Suhrkamp 1996.

13 Ludger Lütkehaus, *Natalität. Philosophie der Geburt*. Kusterdingen: Die Graue Edition 2006.

als Gegenstand der Erziehung. Die Rechts- und Moralphilosophie widmet sich seit einigen Jahrzehnten der Fortpflanzung aus bioethischer Perspektive und diskutiert die moralischen Pflichten verschiedener Familienmitglieder.[14] Doch die existentielle Frage, was es Menschen bedeutet, Eltern werden zu können, mit anderen Worten: Leben zeugen zu können, wird kaum thematisiert.

Selbst dort, wo die existentielle Bedeutung der Elternschaft oder »Generativität« ernst genommen und explizit thematisiert wird, nämlich im Rahmen der feministischen Philosophie, setzt sich die ablehnende Haltung gegenüber Geburt und Mutterschaft häufig fort. Auch wenn es feministische Strömungen wie die Fürsorgeethik gibt, die die Mutter-Kind-Beziehung als Paradigma der Moralität überhaupt ansehen und aus diesem Blickwinkel überaus positiv bewerten,[15] wurde die Mutterschaft von vielen Seiten als »Kern der Unterdrückung der Frau« angesehen.[16] Wie problematisch die Mutterschaft in ihrer Bedeutung für die Selbstbestimmung und Selbstverwirklichung der Frau aus Sicht vieler Feministinnen ist, zeigt nicht nur Simone de Beauvoirs Schrift *Das andere Geschlecht*. Shulamith Firestone forderte beispielsweise eine kybernetische Revolution, deren erstes Ziel »die Befreiung der Frauen von der Tyrannei der Fortpflanzung durch jedes nur mögliche Mittel« sein müsse. Nur eine technische Auslagerung der »barbarischen« Schwangerschaft könne der Asymmetrie der Geschlechter ein Ende bereiten.

Elternschaft als Naturprozess

Diese Abwertung der Elternschaft innerhalb des philosophischen Diskurses wurzelt in ihrer Deutung als bloßem Naturprozess.[17] Schwangerschaft, Geburt und Fürsorge für Kinder wurden als »Arbeit« im Arendt'schen Sinn, also als ein zyklischer Prozess verstanden, der die Gattung bloß reproduziert – als bestünde das Leben mit und die Sorge für Kinder in nichts anderem als Füttern, Windelnwechseln und wieder Füttern. Selbst dort, wo Elternschaft philosophisch ernst genommen und en detail diskutiert wird – wie bei Hegel und de Beauvoir –, wird sie den Makel der Natur nicht los, die über ihren inferioren Status entscheidet.

Im Bruch mit der philosophischen Tradition betrachtet Hegel zwar die Familie nicht bloß als Naturgemeinschaft, sondern als selbstbestimmte Lebensform, die als freiheitsverbürgende Institution zugleich notwendiger Bestandteil eines guten Lebens ist. Dabei werden naturgegebene Aspekte des Familien- und Geschlechtsverhältnisses nicht überwunden,

14 Monika Betzler / Barbara Bleisch (Hrsg.), *Familiäre Pflichten*. Berlin: Suhrkamp 2015.

15 Neben Sara Ruddicks *Maternal Thinking* vgl. Carol Gilligan, *Die andere Stimme: Lebenskonflikte und Moral der Frau*. Aus dem Amerikanischen von Brigitte Stein. München: Piper 1984; Nel Noddings, *Caring. A Feminine Approach to Ethics & Moral Education*. Berkeley: University of California Press 1984.

16 Shulamith Firestone, *Frauenbefreiung und sexuelle Revolution*. Übersetzt von Gesine Strempel-Frohner. Frankfurt: Fischer 1976.

17 Beispiele finden sich bei J. O. Urmson, *Saints and Heroes*. In: A. I. Melden, *Essays in Moral Philosophy*. Seattle: University of Washington Press 1958 oder bei Nel Noddings, *Caring*.

sondern angeeignet.[18] Der Fortpflanzung kommt sowohl für das Verhältnis der Eltern zueinander als auch für die Beziehung zum Kind eine subjekttheoretische Bedeutung zu: Im Kind erfahren die Eltern ihre Einheit als objektiviert, ihr Verhältnis zum Kind ist eine »Anschauung [ihrer] selbst in einem fremden«. Obwohl Hegel Elternschaft beziehungsweise die Familie als eine Form intersubjektiv vermittelter Selbstverwirklichung versteht, stellt die familiäre Liebe noch keine vollständige Form der Anerkennung dar, denn Anerkennung ist nur in einem symmetrischen Verhältnis möglich.

Hegels Intuition, dass es sich bei der Elternschaft nicht nur um einen natürlichen Prozess handelt, sondern dass sie die Subjektivität wesentlich berührt, wird von Simone de Beauvoir aufgegriffen – ihrer bürgerlich-romantischen Hülle aber entkleidet. In ihrer phänomenologisch-existenzphilosophischen Studie zur Frau als dem »anderen Geschlecht« erscheint Mutterschaft zwar nicht einfach als biologischer Prozess, sondern als komplexes existentielles Verhältnis zum Kind, zum Vater des Kindes und zu sich selbst.

De Beauvoir betont allerdings den Gegensatz zwischen kreativen und generativen Prozessen, zwischen selbstbestimmtem Schöpfertum und fremdbestimmter Mutterschaft: Einzigartig sei, dass in dem Moment, in dem der weibliche Körper sich transzendiere, er als immanent wahrgenommen werde. Während der Schöpferkraft eines *homo faber* Selbstbewusstsein innewohne, werde der Körper der Mutter zur reinen Natur, »zum passiven Werkzeug des Lebens«, und sei damit einem Selbstverhältnis als bewusstes und freies Wesen entgegengesetzt. Das Gefühl, Leben zu erschaffen, erweise sich damit als Illusion: Nicht die Mutter erschaffe das Kind, sondern es selbst erschaffe sich in ihr als ein reines *factum brutum*.[19]

Gemeinsam ist diesen ganz unterschiedlichen Perspektiven, dass die Generativität in der Hierarchie der menschlichen Tätigkeiten weit hinter dem künstlerischen oder handwerklichen Herstellen eines Werks, hinter dem ökonomischen, politischen oder sozialen Handeln und – natürlich! – auch hinter allen theoretischen Tätigkeiten rangiert. Insofern in der philosophischen Tradition den »geistigen« Geburten ein Vorrang vor den leiblichen eingeräumt wurde, wurde der geistige Gehalt von leiblichen Geburten und ihrer Fortdauer als familiäres Leben kaum beachtet.

In Wahrheit ist Generativität weder ausschließlich noch primär eine natürliche Tatsache – es sei denn, man hält das Leben und Aufwachsen eines Menschen für das Blühen und Welken einer Pflanze. Für Wesen wie uns, selbstbewusste Wesen, sind all jene natürlichen Bedingungen der Existenz – Sterblichkeit, Verletzlichkeit und eben auch Fruchtbarkeit – nie einfach nur biologische Tatsachen. Wir existieren nicht nur, wir verhalten uns immer zugleich reflexiv zu unserer Existenz. Für Menschen ist die eigene Fortpflanzung also zugleich ein geistiger Prozess, eine

18 Susanne Brauer, *Natur und Sittlichkeit. Die Familie in Hegels Rechtsphilosophie.* Freiburg: Alber 2007; Eva Bockenheimer, *Hegels Familien- und Geschlechtertheorie.* Hamburg: Meiner 2013.

19 Simone de Beauvoir, *Das andere Geschlecht. Sitte und Sexus der Frau* [1949]. Aus dem Französischen von Uli Aumüller u. Grete Osterwald. Hamburg: Rowohlt 2017.

durch die (potentielle) Beziehung zum Anderen vermittelte Selbstbeziehung.

Hinzu kommt der erstaunliche Strukturwandel, der das Familienleben in der westlichen Welt in den letzten fünfzig bis sechzig Jahren radikal verändert hat: Das Ineinandergreifen von medizinisch-technischen Innovationen und sozialem und rechtlichem Fortschritt hat die Vorstellungen von und die Rahmenbedingen der Elternschaft tiefgreifend und dauerhaft verändert. Elternschaft ist nicht mehr wie eine Krankheit, die uns befällt, oder wie die Sterblichkeit, der wir nicht entfliehen können. Menschen bekommen nicht mehr einfach Kinder, sondern sie verhalten sich zu der Tatsache, dass sie welche bekommen könnten: Ob die eigene Fruchtbarkeit als Fluch oder Segen aufgefasst wird, ob die Zeugung mit allen Mitteln verhindert, resigniert in Kauf genommen oder herbeigesehnt wird, stets steht dahinter eine willentliche Einstellung, die einiges über die individuelle, aber auch die kollektive Auffassung darüber verrät, worin ein gutes Leben besteht.

Generativität oder Kreativität

Auch wenn der Kinderwunsch in hochentwickelten Ländern zunehmend planbar ist und vor diesem Hintergrund vor allem durch Glückserwartung motiviert sein dürfte, weiß keiner, ob die Beziehung zum Kind gelingen wird. Elternschaft bleibt deswegen immer, wie Dieter Thomä treffend formuliert, eine »riskante Lebensform«,[20] ein Wagnis, ein Sprung ins Ungewisse. Vielleicht hat Hegel vor diesem Hintergrund behauptet, es sei rationaler, ein Werkzeug zu machen als Kinder. Das Leben mit Kindern entzieht sich der Planung und Kontrolle.

Zeugung und Geburt sind seit jeher Metaphern für schöpferische Prozesse gewesen,[21] die auf sie selbst zurückwirken. Eltern erscheinen dann selbst als Künstler, die ihre Kinder hervorbringen wie Werke. Bequem ist diese Annahme, weil sie die rein aufs Mutterdasein beschränkte Existenz der Frauen rechtfertigt: »Während Frauen seit jeher zum Zurweltbringen von Kindern Zuflucht nehmen konnten, um eine Antwort auf die difficulté d'être zu finden, ist das männliche Bewußtsein vom Zwang, selbst zur Welt zu kommen, gezeichnet«.[22]

Diese Behauptung idealisiert nicht nur die Mutter-Kind-Beziehung, sondern ist vor allem eine kategoriale Verwechslung von Schöpfung und Zeugung, von Kreativität und Generativität. Denn es macht ja gerade die Besonderheit der Beziehung aus, dass Eltern zwar Urheber der Existenz ihrer Kinder sind, sie aber weder über deren Wesen noch über den Verlauf des gemeinsamen Lebens wie ein Schöpfergott verfügen können. Eltern setzen durch ihr Handeln Prozesse in Gang, die sie weder vorhersehen noch nachträglich kontrollieren können. Sie wissen nicht, wen sie zeugen und für wen sie einmal – in Hans Jonas' Worten – total verantwortlich sein werden.

20 Dieter Thomä, *Eltern. Kleine Philosophie einer riskanten Lebensform*. München: Beck 1992.

21 Ulrich Pfisterer, *Kunst-Geburten. Kreativität, Erotik, Körper*. Berlin: Wagenbach 2014.

22 Peter Sloterdijk, *Zur Welt kommen – Zur Sprache kommen. Frankfurter Vorlesungen*. Frankfurt: Suhrkamp 1988.

Homo faber bringt mit jedem Werk auch sich selbst zum Ausdruck. Kinder sind zwar wahrhaftig das Eigenste, was ein Paar aus sich »machen« kann; sie sind aber zugleich völlig eigenständige, unabhängige Personen. Das Sein im Anderen, die Identifikation und Spiegelung im Kind, muss sich davor hüten, zur Projektion eigener Ziele zu werden. Elternschaft erfordert deswegen eine fast grenzenlose Bereitschaft zur Bindung, zugleich aber, die Autonomie des Kindes zu respektieren und es sein zu lassen, wie es ist. Wer Kinder hat, erschafft nicht, er wird erschaffen.

Auch wenn de Beauvoir diesen Unterschied zwischen Kreativität und Generativität zu Recht betont, ist ihre eigene Unterscheidung zwischen immanenten und transzendenten Tätigkeiten kaum weniger problematisch, denn Elternschaft verlangt Selbsttranszendenz in radikalem Sinn, eine Öffnung für die Individualität und Alterität des Anderen, und die Bereitschaft, auf den Appell dieses Wesens zu antworten. Will man verstehen, was Eltern eigentlich machen, ist es sinnvoller, an Hannah Arendts dreifache Unterscheidung der menschlichen Tätigkeiten in Arbeiten, Herstellen und Handeln anzuknüpfen: Zweifellos ist Elternschaft Arbeit. Sie umfasst eine Reihe von repetitiven und monotonen Tätigkeiten, die dem Erhalt des »nackten Lebens« dienen – Stillen und Füttern, Windelnwechseln und Waschen, Schlafenlegen und Wecken. Als Erziehung ist Elternschaft auch *poesis*, der Versuch, Menschen nach einem Zweck zu formen. Doch die Erziehung, die nach Sokrates' kluger Einsicht nicht der Illusion verfallen darf, sie wisse, was der Zweck des Menschen ist,[23] sollte nicht an die Stelle der Beziehung treten. So ist der Kern der Elternschaft ein ganz anderer, nämlich Handeln in Beziehung. Eltern stehen idealerweise Tag und Nacht in Beziehung zu ihren Kindern. Sie sind ihr Filter, ihr Schutzschild und ihre Inspirationsquelle, sie regulieren ihre noch instabilen Emotionen, Affekte und Bedürfnisse. Was das konkret bedeutet, hat die Entwicklungspsychologie, insbesondere die Bindungsforschung empirisch erforscht.

Von philosophischer Seite hat es niemand besser beschrieben als die Care-Ethik, wenn sie die Fürsorgebeziehung als durch Präsenz, Empfänglichkeit und Responsivität gekennzeichnet sieht. Die fürsorgende Person öffnet sich für ihren Schützling, versucht seine Bedürfnisse zu erspüren und ist bereit, auf seinen Appell zu antworten.[24] Das »transparente« Selbst in solchen asymmetrischen Verhältnissen verwandelt sich in der Begegnung mit der anderen, abhängigen Person, indem es sich für deren Bedürfnisse durchlässig macht. Ethisch gesprochen ist es also die Aufgabe der Eltern, Menschen, die sie nicht entworfen haben und deren Eigenschaften sie nicht verändern können, in ihrer ganzen Schutzlosigkeit willkommen zu heißen, bei sich aufzunehmen und so liebend zu akzeptieren, wie sie sind. Denn Menschen, ausgestattet mit »unerträgli-

23 Platon, *Apologie des Sokrates*. Stuttgart: Reclam 1987.

24 Nel Noddings, *Starting at Home. Caring and Social Policy*. Berkeley: University of California Press 2002; Eva Feder Kittay, *Love's Labor. Essays on Women, Equality and Dependency*. New York: Routledge 1999. Vgl. auch Joan C. Tronto, *Moral Boundaries. A Political Argument for an Ethic of Care*. New York: Routledge 1993.

cher Einmaligkeit« (Arendt), sind darauf angewiesen, von Anderen in ihrem kontingenten Sosein bestätigt und bejaht zu werden.

Diese ungeheure ethische Aufgabe wurde über der Selbstverständlichkeit der Elternschaft, ihrer scheinbaren Natürlichkeit, die zu ihrer Ausschließung aus dem moralisch-politischen Bereich führte,[25] lange nicht gesehen. Wenn Philosophie, nach dem schönen Hegel'schen Wort, aber »ihre Zeit in Gedanken erfaßt« ist, dürfen sich die Söhne und Töchter der Zeit nicht von den Alltagsphänomenen abwenden und im Namen einer missverstandenen Geistigkeit die Lebenswelt vieler Menschen übergehen. Jenseits von romantischer Idealisierung und pauschalem Ideologieverdacht gilt es, das Verhältnis zwischen den Generationen und die Generativität als solche philosophisch zu entdecken.

25 Susan Moller Okin, *Justice, Gender, and the Family*. New York: Basic Books 1989.

Mein Sommer mit Kennedy

Von Volker Hage

An dem Tag, an dem John F. Kennedy nach Deutschland kam, begann ich ein Tagebuch zu führen. Wie das eine mit dem anderen zusammenhängt, ob überhaupt, vermag ich nicht mehr zu sagen. Ich hatte offenbar die Idee, dass es später einmal interessant sein könnte, was in meinem jungen Leben passiert.

Natürlich bin ich ihm nie begegnet. Ich war dreizehn, als er am 23. Juni 1963 in Köln-Bonn landete, ich war vierzehn, als er im November des Jahres in Dallas ermordet wurde. Seiner Ankunft widmete ich damals auch nur eine Zeile: »Kennedy kommt heute Morgen zu einem Deutschlandbesuch.«

Was nicht heißt, dass ich die allgemeine Begeisterung und Aufregung, die dieser Besuch in der westdeutschen Bevölkerung auslöste, nicht teilte. Im Gegenteil: Ich sammelte so viele Artikel wie möglich, schnitt die Beiträge und Fotos aus und legte sie in eine Mappe, um sie später in ein Heft vom Format DIN A4 einzukleben. Auf dieses bunte Album stieß ich kürzlich beim Aussortieren alter Schulhefte. Ich hatte es vollständig vergessen und betrachtete die Mühe und Sorgfalt, die ich einst aufgewendet hatte, mit einer gewissen Rührung. Auf der Vorderseite war das Schulheftetikett überklebt, und in Schnörkelschrift hatte ich vollmundig »Weltgeschehen 1963« draufgeschrieben.

Das Tagebuch dagegen war nichts anderes als ein billiger Taschenkalender mit braunem Plastikumschlag, darauf eingeprägt: 1963. Für jede Woche eine Doppelseite, für jeden Tag sieben enge Zeilen. Darin fand sich auch die Information, wann ich mir die Arbeit mit dem Album gemacht hatte. Der Eintrag war ebenfalls überraschend knapp: »Kennedy-Ausschnitte eingeklebt.« Es war am 9. Juli im Ostseebad Travemünde. Fünf Tage zuvor hatten die Sommerferien begonnen.

Ich sehe mich da noch sitzen, am Esstisch in dem kleinen Apartment an der Kaiserallee mit Blick auf die Ostsee und das Mecklenburger Ufer. Ich verteilte die Ausschnitte zunächst probeweise auf die Seiten. Es sollte alles in die richtige Reihenfolge gebracht werden und das Heft ausfüllen. Schere und Uhu lagen bereit. Unter jedes Foto, jeden Text schrieb ich das entsprechende Datum und – ein früher journalistischer Impuls – eine Quellenangabe: *Bild*, *Welt am Sonntag*, *Hamburger Abendblatt*, *Bunte Illustrierte*. Viel Platz räumte ich den Zitaten aus Kennedys berühmter Berliner Rede ein: »Ein echter Friede kann in Europa nicht gewährleistet werden, solange jedem vierten Deutschen das Grundrecht einer freien Wahl vorenthalten wird.« Das hörten, vom Dolmetscher übersetzt, Hunderttausende vor dem Rathaus. Und natürlich seine auf Deutsch einstudierten Worte: »Ick bin ein Berliner.« Davor ein Foto von Kennedys Besuch an der Mauer: Von einem Podest aus schaut er hinüber in den Ostteil Berlins. Das war am 26. Juni 1963.

Zum Auftakt meines Albums hatte ich eine Farbdoppelseite ausgewählt, die ich der *Bunten* entnommen hatte: die Ankunft Kennedys auf dem Flughafen Köln-Bonn drei Tage zuvor. Manche der Personen, die dort zur Begrüßung angetreten waren, hatte die Redaktion dankenswerterweise mit Ziffern versehen und mit Namen und Funktion erläutert.

Aber im Mittelpunkt steht er, John F. Kennedy, gelandet früh an diesem Sonntagmorgen und strahlend jung mit seinen sechsundvierzig Jahren. Er hat die Hände auf dem Rücken verschränkt und hört mit ernster Miene zu, wie der Dolmetscher die Begrüßungsworte Konrad Adenauers übersetzt. Im Hintergrund die Präsidentenmaschine mit dem Schriftzug »United States of America«, damals noch eine Boeing 707.

Adenauer war siebenundachtzig Jahre alt und sollte noch im Laufe des Jahres von seinem Amt zurücktreten. Als er im September 1949 zum Bundeskanzler gewählt worden war, ich selbst hatte in jenem Monat gerade das Licht der Welt erblickt, war er schon dreiundsiebzig, so alt, wie ich heute bin, da ich dies notiere. Einige Monate zuvor, im Oktober 1962, hatte schon der französische Präsident Charles de Gaulle Deutschland besucht, mit 72 Jahren auch er ein alter Mann. Im offenen Mercedes war er durch Hamburg gefahren, von den Hanseaten am Straßenrand brav begrüßt, darunter auch meine Mutter und ich. Als der Konvoi vorbeikam, von weißgekleideten Polizisten auf Motorrädern eskortiert, knipste sie, wie man damals sagte. Auf den Fotos war später allerdings nicht viel zu erkennen.

Hamburg stand nicht auf Kennedys Reiseplan. Seine Route sah andere Städte vor: Bonn natürlich, Köln, Langendiebach, wo sich ein Fliegerhorst der amerikanischen Luftwaffe befand, Frankfurt, wo er in der Paulskirche eine Rede hielt, und als vorletzte Station Wiesbaden. In *Bild* wurde berichtet, dass dort, kaum war Kennedy dem Army-Hubschrauber entstiegen, eine jubelnde Menschenmenge außer sich geriet und die Polizeiketten zu durchbrechen drohte. Mehrere Frauen seien ohnmächtig geworden. Er sah einfach blendend aus, von seinem Rückenleiden wusste man damals nichts. Und seine Frau, die schöne Jaqueline, war, warum auch immer, in Amerika geblieben, was die Zeitungen am Rande vermerkten.

Kennedy galt als der »Erste Mann der westlichen Welt«, so bejubelte ihn die *Bunte*. Man muss sich in Erinnerung rufen: Die Errichtung der Berliner Mauer lag noch nicht einmal zwei Jahre zurück. Und im Jahr dazwischen hatte es die Kubakrise gegeben. Die Angst vor einem Atomkrieg war allgegenwärtig, auch als junger Mensch blieb man davon nicht unberührt. Die Krise im Oktober 1962 hätte leicht zu einem neuen Weltkrieg führen können. Kennedy hatte sie zur Erleichterung der ganzen Welt beherzt zu beenden gewusst, nicht ohne heimliche Zugeständnisse an die Sowjets, wie man heute weiß.

In Travemünde, wo ich damals meine Sommerferien verbrachte, war die Teilung Deutschlands sehr real. Am gegenüberliegenden Ufer der Lübecker Bucht zeigte sich nie ein Mensch; in der Nacht erleuchteten bisweilen Scheinwerfer den Strand von Mecklenburg. Man hatte sich daran gewöhnt. Die Grenze verlief auf dem Priwall. Dort befanden sich vornehmlich Kleingärten und Campingplätze, auch ein »Haus des Kurgastes« gab es. Zu erreichen war dieser Teil des Ostseebads nur mit einer Autofähre über die Trave, auf der damals schon die Fährschiffe aus Skandinavien einliefen, und einer kleineren für Fußgänger und Fahrradfahrer. Einmal war ich dort allein am Strand gelaufen und hatte mir, in respektvollem Abstand zu Wachturm und Warnschildern, die Grenzanlagen angeschaut. Im Sand, hieß es, könnten Minen vergraben sein.

Diese Sommerferien verbrachten meine Eltern und ich erstmals in einer eigenen Ferienwohnung, die sie im Mai gekauft hatten. Direkt an der Promenade stand dieses Gebäude mit sieben Geschossen, das alle Villen rundum weit überragte, wie auch das Casino und das Hotel Strandschlößchen gleich nebenan. Heute würde man von einer Bausünde sprechen. Ein herrschaftliches Haus war dafür abgerissen worden. Seinerzeit aber wirkte das stufig angeordnete Gebäude höchst modern, alle Wohnungen waren so ausgerichtet, dass sie direkten Blick auf die Ostsee erlaubten.

Meine Mutter hatte während der Bauphase oft neugierig davor gestanden, einmal war sie mit mir in den Rohbau geklettert. Sie war es, die sich wünschte, hier eine Wohnung zu erwerben. Mein Vater, er war Freiberufler, hatte lange gezögert, fast zu lange. Es waren am Ende nur noch zwei Wohnungen weit hinten und unten frei. Bei einem Hamburger Notar unterschrieben sie den Vertrag, immerhin für das obere der beiden letzten Apartments im ersten Stock.

Die Sommerferien 1963 dauerten vom 4. Juli bis zum 14. August. Das waren immerhin zwei Wochen mehr als für Hanno Buddenbrook, den sein Schöpfer hier in Travemünde so glücklich sein lässt, wie er es als Kind zweifellos selber war: »Die lichtesten Zeiten meiner Jugend aber waren die alljährlichen Sommerferienwochen in Travemünde mit ihren Badevormittagen am Strand der Ostseebucht.« Ich hatte damals noch nichts von Thomas Mann gehört, der sich hier in seinem *Lebensabriss* erinnert, noch gar seinen Roman gelesen. Im Bücherschrank meiner Eltern gab es, neben der Fachliteratur meines Vaters, vornehmlich Auswahlbände von Reader's Digest und Bücher des Bertelsmann-Leserings.

Meine eigene kleine Büchersammlung und meine wenigen historischen Kenntnisse bezogen sich auf die Luftfahrt. So wusste ich, dass sich auf dem Priwall einmal eine Flugerprobungsstelle befunden hatte, dass dort 1932 das Flugboot Dornier Do X gelandet war und zwei weitere gewaltige Luftfahrtzeuge am Himmel über Travemünde zu sehen gewesen waren, eine Junkers G 38 mit vier Motoren und einer in den Flügel integrierten Passagierkabine sowie das Luftschiff LZ 127 »Graf Zeppelin«. Wodurch dieses Interesse bei mir geweckt wurde? Auch das weiß ich nicht mehr. Ich erinnere mich lediglich an die jugendliche Begeisterung.

Drei Jahre später sollte das immerhin für einen Artikel zum zehnjährigen Jubiläum der deutschen Nachkriegsluftfahrt gut sein. Ich schickte ihn – ohne mein Alter zu nennen – an eine süddeutsche Motorzeitschrift. Mit Erfolg, er wurde gedruckt. Und es gab, womit ich überhaupt nicht gerechnet hatte, ein Honorar. Hätte mich damals, 1966, jemand nach meinem Berufswunsch gefragt, so wäre Journalist die Antwort gewesen. Dass statt der Luftfahrt dann die Literatur mein Thema werden sollte, wäre mir wohl nicht im Traum eingefallen.

Sechs Wochen waren eine lange Zeit, und jeden Tag in der Sonne zu liegen und im Meer zu baden konnte langweilig werden. Romane im Strandkorb lesen? Das war offenbar meine Leidenschaft nicht. Ich fotografierte viel, die Dias aus der Zeit müssen noch irgendwo liegen.

Den ersten Artikel aber schrieb ich in jenem Sommer 1963 für die Schülerzeitung, wie es sich gehörte. Und das kam so: Am Nachmittag des 12. Juli machte ich mit meiner Mutter einen Spaziergang auf der Promenade. Plötzlich waren aus der Ferne Schüsse zu hören. Immer mehr Menschen liefen diesseits und jenseits der Trave zusammen und schauten in Richtung Grenze. War ihr jemand zu nah gekommen? Hatte dort jemand fliehen wollen?

»Vopo-Schüsse auf Urlauber« hieß es am nächsten Tag in der *Bild*-Zeitung: »Schwerverletzter in die Zone verschleppt«. Offenbar war ein junger Urlauber, der mit seinem Bruder auf dem Priwall zeltete, am Wasser unwissentlich über die Staatsgrenze spaziert, auf jenen Zaun zu, der in einiger Entfernung hinter dem Grenzverlauf stand, also schon auf Staatsgebiet der DDR. Sein Bruder, der zurückgeblieben war, habe ihn schreien hören, las man.

Und drei Tage später setze ich mich hin, wieder an den Esstisch, und tippte eine Seite für die Schülerzeitung, die Wochen später erschien.

Die Errichtung der Mauer im August 1961 war ein so einprägsames Ereignis wie die Kubakrise 1962 oder lange vorher, im Oktober 1957, der Start des russischen Satelliten Sputnik. Die Erinnerung an den Aufstand vom 17. Juni 1953 wurde von der Schule wachgehalten. Zwei Wochen vor Beginn der Sommerferien versammelten wir uns nach der dritten Stunde in der Aula zu einer Feierstunde.

Jahrzehnte später, Anfang 1990, war ich wieder an der See, als auf dem Priwall die Grenze geöffnet wurde. In unserem Apartment, das meiner Mutter inzwischen allein gehörte, da mein Vater gestorben war, wollte ich in Ruhe schreiben. Die Wiedervereinigung war noch längst kein Faktum. Erst im Sommer 1990 konnte die *Hamburger Morgenpost*, die damals eine Ausgabe für Mecklenburg unterhielt, begeistert titeln: »Gorbi sagt

Ja«. Und: »Volle Souveränität. Auch das vereinigte Deutschland in Nato. Die Sowjets ziehen ab. Deutschland und UdSSR auf Freundschaftskurs«.

Zu Beginn jenes Jahres aber war alles noch im Fluss, jede einzelne Grenzöffnung ein Ereignis. Am Morgen des 3. Februar 1990 war in den Nachrichten des Lokalsenders von einem Volksfest auf dem Priwall die Rede. Also schob ich die Schreibmaschine zur Seite und machte mich auf den Weg. Die kleine Fähre war im Winter nicht in Betrieb, ich musste bis zur Autofähre an der Vorderreihe vorlaufen. Am Fähranleger auf der anderen Seite drängelten sich schon die Menschen und warteten auf einen Bus. Es war ein Pendelverkehr bis zur Grenze eingerichtet worden. Es warteten allerdings derart viele dort, dass ich lieber weiter zu Fuß ging, ein Weg von knapp zwanzig Minuten.

Der Priwall war damals noch ein windstiller Winkel, wo sich FKK-Begeisterte und die Naturfreundejugend aufhielten. Garagen aus Wellblech, kleine Häuschen links und rechts der Straße, die zunehmend schmaler und holpriger wurde, je näher man der Grenze kam. Auf der Westseite standen noch die Warnschilder »Halt! Hier Grenze«. Eine bundesdeutsche Fahne flatterte im Wind, und ein rotes Stopplicht leuchtete sinnlos vor sich hin.

Ein Grenzsoldat in grüner Uniform stand hinter dem Absperrgitter, diesseits zwei junge Männer in Jeans, die ihm eine Bierflasche reichten. Auf die Frage eines älteren Herrn, ob man sich denn kenne, lachten beide, und der Eine, ein netter Kerl mit Rollkragenpulli, erklärte: »Na klar, heute Nachmittag ab 17 Uhr stehe ich an seiner Stelle. Dann habe ich hier Dienst.« Sein Gegenüber in Uniform sagte: »Dass du auch pünktlich bist!«

Die Grenze durften wir, die neugierigen Besucher, an dieser Stelle nicht passieren. Am Strand war es möglich. Ein langer Menschenstrom bewegte sich zwischen der ehemaligen Staatsgrenze und dem Gitterzaun weiter hinten. Dort war ein Tor geöffnet, durch das man auf zuvor nie betretenes Terrain spazieren konnte. Ein Rest von Unbehagen blieb. Würde das Tor nachher wirklich noch geöffnet sein? Behutsam, befangen und ein wenig ungläubig betraten die meisten das Strandstück, offiziell immer noch DDR-Gebiet. Auf dem Sand lagen Betonplatten: Fahrspuren für die Fahrzeuge der Volkspolizei. Einige Spaziergänger, Familien darunter, kletterten sogar auf den Wachturm. Am Wasser warteten verloren zwei DDR-Grenzer und baten, nun nicht mehr weiterzugehen: »Wir wissen auch nicht, warum wir hier stehen müssen.«

Die Erinnerung erlaubt keine präzise zeitliche Einordnung, schon gar nicht eine zuverlässige Chronologie. Ohne die Aufzeichnungen des Dreizehnjährigen könnte ich mich nur bruchstückhaft der Geschichte jenes Sommers entsinnen. Und doch ist unser sprunghaftes Gedächtnis in der Lage, sofern es noch anspringt, Zusammenhänge herzustellen und Bilder wachzurufen. Die Mauer, der Schießbefehl, Grenzsoldaten und Wachtürme. Über die DDR, ob in Anführungszeichen wie damals in manchen Zeitungen oder nicht, herrschte im Westen damals weitgehend Konsens. An eine Verklärung der DDR jedenfalls war 1963 nicht zu denken, für viele war sie einfach die Sowjetzone. Ein Staat, der sich selbst Deutsche

Demokratische Republik nannte und auf Menschen schießen ließ, die ihn verlassen wollten, war verächtlich genug. Und auch bedrohlich, schließlich hatte die Rote Armee Truppen im Land.

Ich frage mich heute, was man seinem 2021 geborenen Enkel alles wird erklären müssen, falls man ihm eine Vorstellung von jenem Jahr 1963 vermitteln möchte. Der rasche technische Wandel, die aufeinander folgenden Modellreihen, Geräte-Generationen, Software-Updates, an die wir uns gewöhnt haben, machen es heute jedem Romancier schwer, eine realistische Geschichte historisch genau zu justieren. Graue Vorzeit, als ein Erzähler noch davon ausgehen konnte, Pferde, Kutschen und Kanonen werde es ewig, auch in späteren Jahrhunderten noch geben. Der amerikanische Autor Rick Moody blickt in seinem Roman *Der Eissturm* gerade einmal zwei Jahrzehnte zurück, und er hielt schon 1994, als das Buch in den USA erschien, eine Feinabstimmung für nötig. Er vertraute der üblichen Methode nicht, eine Epoche durch das Aktuelle und Neuartige zu bestimmen. Er definierte umgekehrt das Jahr 1973, in dem der Roman spielt, durch das, was es alles noch nicht gab: »Keine Anrufbeantworter. Keine Rückruffunktion. Keine Fernabfrage. Keine CD-Player, keine Laserdiscs, keine Holographie, kein Kabelfernsehen, kein MTV. Keine Multiplex-Kinos, keine Textverarbeitung, keine Laserdrucker, keine Modems. Keine virtuelle Realität …«

Entsprechend müsste man dem Nachwuchs wohl heute zusätzlich erläutern, dass das Internet ohne die Erfindung des Computers nie entstanden wäre. Und dass es im Jahr 1963 keine Laptops auf dem Schreibtisch gab, keine Mobiltelefone oder Smartphones, mit denen man nebenbei filmen und fotografieren oder Podcasts hören kann. Weder Google, GPS, E-Mail, WhatsApp, Spracherkennung oder Streamingdienste, keine Kreditkarten, E-Bikes, Windkraft oder Airbags. Und was sonst noch alles nicht.

Manche Zukunftsforscher sagten in den sechziger Jahren voraus, dass die Menschen einmal Bildtelefone nutzen würden. Das erschien plausibel und wurde in Zukunftsfilmen reichlich vorgeführt. Dass aber einmal ein Mensch den Mond betreten könnte, erschien damals wohl kaum denkbar.

Oder? Ein gutes Beispiel dafür, wie das Gedächtnis sich mit zeitlicher Einordnung schwertut. Die Mondfahrt war 1963 keine futuristische Spinnerei mehr. Niemand anders als John F. Kennedy hatte im Mai 1961, erst wenige Monate im Amt, das Apollo-Programm so präsentiert: »Ich glaube, dass dieses Land sich dem Ziel widmen sollte, noch vor Ende dieses Jahrzehnts einen Menschen auf dem Mond landen zu lassen und ihn wieder sicher zur Erde zurückzubringen.«

Was ebenfalls im Mai 1961 und im Namen Kennedys seinen Anfang nahm: die Ausweitung des amerikanischen Engagements in Vietnam. Es wurden damals Hunderte von Militärberatern ins Land geschickt, die die südvietnamesische Armee im Kampf gegen den Norden ausbilden und unterstützen sollten. Der Öffentlichkeit wurde das erst später bekannt. Und noch im November 1963, als der Präsident ermordet wurde, dürften den wenigsten Zeitgenossen Bedeutung und Konsequenz dieser Initialzündung deutlich gewesen sein.

Den Aufzeichnungen des Dreizehnjährigen entnehme ich, dass ich während jener Sommerferien in Travemünde regelmäßig den Kursaal aufsuchte, um die *Tagesschau* zu sehen. Der Fernsehapparat stand auf einem Podest, mehrere Stuhlreihen davor, besetzt zumeist mit älteren Kurgästen. Einmal kam es zum Streit, da seit April des Jahres das Zweite Deutsche Fernsehen eine Alternative darstellte und mit dem Gerät empfangen werden konnte. Die einen, darunter ich, wollten gern den *Weltspiegel* sehen, die anderen beharrten darauf, aufs zweite Programm umzuschalten; leider waren sie in der Mehrzahl.

Nebenan gab es einen Lesesaal, in dem Tageszeitungen und Illustrierte auslagen. Ich hatte auch vor den Ferien schon manches Mal dort gesessen, wenn wir am Wochenende an die Ostsee gefahren waren. So auch, wie ich dem Taschenkalender entnehmen kann, am 29. Juni 1963. An diesem Tag titelte *Bild*: »Christine: Profumo gab mir Geld«. Dass man sich des Vornamens bediente, zeigt, wie populär der Skandal seinerzeit war. Der *Spiegel* hatte sogar schon eine Titelgeschichte gebracht, deren Anfang in der damals üblichen Erzählmanier Eindruck machte: »Die Nacht war schwül, das Mädchen nackt. Im Mondlicht schimmerte der Swimmingpool im Schloßpark von Lord Astors Herrensitz Cliveden. Der silberne Wasserspiegel zerriß, als der schlanke Körper eintauchte. Leise schlugen die durch den Sprung hervorgerufenen Wellen an den Rand des Bassins, brachen sich dort und schienen sich wieder zu verlaufen. Das war im Juli 1961. Doch heute, zwei Jahre danach, ziehen die Wellen des nächtlichen Bades von damals noch immer größere Kreise.«

Ich las alles über diesen Skandal in London, und sicher nicht nur aus politischem Interesse. Allein dieses Foto, das überall zu sehen war: Christine Keeler hockt auf einem umgedrehten Holzstuhl, nach vorn gebeugt, in die Kamera schauend, die bloßen Arme über der Rückenlehne verschränkt, links und rechts ragen ihre langen Beine hervor. Das Raffinierte an dem berühmtesten Foto des Jahres 1963 war diese Lehne, die den übrigen Körper der schönen jungen Frau mit schulterlangen schwarzen Haaren verdeckte. Das verstand auch ein Dreizehnjähriger. Ich weiß noch, wie mir der Kriegsminister John Profumo leidtat. Er war hingerissen, was, wie ich glaubte, jeder verstehen müsse; er konnte ja nicht ahnen, dass seine Geliebte zugleich ein Verhältnis mit dem sowjetischen Marineattaché unterhielt, der zu allem Überfluss zum russischen Geheimdienst gehörte. Als das bekannt wurde, blieb Profumo nur der Rücktritt; der der Regierung folgte ein paar Monate später.

Die Schüsse, die 1963 auf dem Priwall gefallen waren, fanden Jahrzehnte später noch ein Echo im Internet. Auf der Seite forum-ddr-grenze.de, wo sich einstige DDR-Grenzsoldaten austauschen, war im April 2019 unter der Überschrift »Schusswaffeneinsatz am Priwall-Strand (1963)« zu lesen: »Was damals in den Zeitungen, speziell *Bild* gestanden hat, entspricht eindeutig nicht der Wahrheit. Der junge Mann ist ins Krankenhaus nach Schöneberg und später ins Haftkrankenhaus gekommen.« Ein anderer ergänzt in einem Kommentar: »Dass der 19-jährige den genauen Verlauf der Grenze etwas weiter ostwärts vermutete, kann ich noch glauben (bei der Abschrankung Lübeck-Eichholz glaubte auch mancher Grenzbesucher, dass die DDR erst beim Metallgitterzaun beginnt).« Aber die Grenzschilder seien doch schließlich nicht zu übersehen gewesen. Und wer dann noch weitergegangen sei, der habe sich eben nicht wundern dürfen, »wenn was passiert«. Spätestens beim Anruf der Grenzposten hätte der Mann auf dem Priwall den Anweisungen Folge leisten müssen: »Dann wäre es wohl auch nicht zu gezieltem Feuer gekommen.« Manch Sprachgebrauch hallt offenbar lange nach.

Kritik und Krawall

Von Wolfgang Fach

Präsident Biden sei Amerikas »biggest asshole«. So hat sich vor einiger Zeit ein prominenter Landsmann öffentlich geäußert – jemand, den man (sprachlich) überall, nur nicht in der Gosse vermutet hätte.[1] Wer allerdings der Hoffnung war, diesen ungenierten Ehrabschneider werde deshalb irgendein Bannstrahl treffen, sah sich getäuscht. Kein Anwalt ist in die Spur gegangen, weder von Staats noch Rechts wegen.

Der Wert der Würde

Aber auch andersherum wird ein Schuh draus: Hierzulande ist der »Höchste« so unwichtig, dass man sich über ihn eigentlich gar nicht aufregen mag. Seine Macht hat er vor langer Zeit verloren. Schon Hegel notiert diese Verschiebung: Moderne Zeiten sind dadurch charakterisiert, dass, selbst wenn ganz oben im Staat noch eine Majestät thront, dieser lediglich notarielle Geschäfte übertragen werden. Soll heißen: Sie unterschreibt Gesetzesvorlagen »ihrer« Administration, damit jedermann wissen kann, was Bürger anstellen dürfen oder seinlassen müssen. Unter solchen Umständen regiert faktisch die staatliche Verwaltung – und »Souveräne« sind dann alles andere als das, weshalb es sogar ein Rätsel wäre, sollte sich überhaupt jemand finden, der sie beleidigen *will*. Diese Würde ist, zugespitzt formuliert, politisch (fast) nichts wert.

Für die Vereinigten Staaten aber gelten andere Gesetze. Als sie geplant wurden, standen die »Bauherren« (Jefferson, Madison etc.) noch viel zu sehr unter dem Eindruck der britischen Glanz-und-Gloria-Monarchie, als dass es ihnen möglich gewesen wäre, in Hegels Bahnen zu denken. Daher ist »in ihren Debatten – oder auch im Verfassungstext – herzlich wenig davon die Rede, wie eine Staatsverwaltung auszusehen hätte«.[2] Den Experten von damals galt als ausgemacht, dass der Präsident es richten müsse und alles Weitere in die Hände von Schreiberlingen gelegt oder von Briefträgern erledigt wer-

1 Über den Autor erfährt man das Nötige unter: en.wikipedia.org/wiki/Scott_Adams

2 Adam J. White, *The Administrative State and the Imperial Presidency: Then and Now*. In: Gary J. Schmitt u.a. (Hrsg.), *The Imperial Presidency and the Constitution*. Lanham: Rowland & Littlefield 2017.

den könne. Nicht zufällig wurde ausführlich darüber debattiert, welcher Titel diesem Amt wohl angemessen wäre. »His Majesty the President« ist am Ende zwar verworfen worden, doch dass dieser Vorschlag ernsthaft zur Debatte stand, lässt erahnen, was man sich im Innersten gewünscht hat, nämlich »a king by a different name« (so der damalige Kriegsminister James McHenry).[3]

Die Zeiten haben sich geändert, die Verhimmelung hingegen ist noch immer nicht aus der Welt. Mit gutem Grund sprechen wir daher vom »präsidentiellen Regierungssystem«. Einer wie Donald Trump hat sich das nicht zweimal sagen lassen und prompt über die Stränge geschlagen. Man denke nur an sein »royales« Missverständnis, er dürfe per Federstrich die ganze Nation auf seine persönlichen Präferenzen verpflichten. Oder an seine selbstherrliche Marotte, jedes Geheimdokument spirituell – »by thinking about it« – in eine Privatnotiz verwandeln zu können.[4]

Umso rätselhafter bleibt, wie es sein kann, dass nicht alleine »king«, sondern auch »asshole« als »anderer Name« infrage kommt.

3 Kathleen Bartoloni-Tuazon, *For Fear of an Elective King*. Ithaca: Cornell University Press 2014.

4 *Trump's Improvised Path to a Month of Executive Action*. In: *New York Times* vom 21. Januar 2017 (www.nytimes.com/2017/01/21/us/politics/trump-presidency-executive-action.html) Martin Pengelly, *Trump claims presidents can declassify documents »by thinking about it«*. In: *Guardian* vom 22. September 2022 (www.theguardian.com/us-news/2022/sep/22/trump-sean-hannity-interview-fox-news-mar-a-lago-documents-thought).

Poet oder Prolet

Das (in dieser Hinsicht) libertäre Amerika hat immerhin darauf gesehen, dass seine Bürger wenigstens in ernsten Zeiten – wenn gesteigerter Konsensbedarf besteht – besser darauf verzichten, die Obrigkeit anzupöbeln. So wurde schon 1798 (anlässlich anhaltender Scharmützel mit Frankreich) der *Sedition Act* verabschiedet, demzufolge mit einer Geld- oder Gefängnisstrafe rechnen musste, wer »falsche, skandalöse oder bösartige Meldungen« über den Präsidenten in die Welt setzt, egal ob schriftlich oder mündlich. Unter Berufung darauf hat seinerzeit John Adams (Präsident von 1797 bis 1801) rund zwei Dutzend Personen angeklagt (überwiegend Herausgeber regierungskritischer Zeitungen). In der Neuauflage des Gesetzes (1918) ist dann allerdings nur noch von einem »beleidigten« Allerlei einschlägiger Institutionen und Symbole die Rede: »the form of government of the United States, or the Constitution of the United States, or the military or naval forces of the United States, or the flag«.

Von dieser Attitüde ist, bis auf weiteres wenigstens, nicht mehr viel zu spüren. Zwar sind kollektive Gefühlswallungen gelegentlich aufgetreten, doch der Trend zur Toleranz, sprich: Indifferenz war auf lange Sicht nicht aufzuhalten. Den Schlusspunkt unter diese Entwicklung hat Amerikas Supreme Court 1964 gesetzt. Mehrheitlich sind seine Richter zu dem Ergebnis gekommen, das Land habe sich unwiderruflich dem Prinzip verschrieben, die Diskussion öffentlicher Angelegenheiten solle »uninhibited, robust, and wide-open« verlaufen.[5] Darin eingeschlossen seien »vehemente, scharfe und gegebenenfalls auch hässliche Attacken auf die Regierung und öffentliche Würdenträger«. Bei anderer Gelegenheit hat 1971 der Verfassungsrichter John Marshall Harlan diese Laisser-faire-Attitüde auf ihren (seiner Meinung nach) letzten Grund zurückgeführt: die Relativität des Geschmacks. Des einen Prolet ist des anderen Poet: »One man's vulgarity is another's lyric.«[6] Was offenbar auch die Mitteilung lizensiert, der Präsident sei ein »asshole«.

Biden ist nur das jüngste Opfer dieser überschäumenden Indifferenzwelle. Selbst die Allergrößten und schon längst Toten sind ihr nicht entgangen – während es hierzulande strafbar ist, das Andenken jedes x-Beliebigen zu »verunglimpfen«, sind dort selbst ein Abraham Lincoln oder George Washington Freiwild für große Mäuler.[7] Und kleinere Geister werden von ihrer Kleinheit keineswegs geschützt: Ronald Reagan wurde als »versteinertes Schwein« beschimpft, dessen Verstand Henry Kissinger als »vernachlässigenswert« eingeschätzt hat; George Bush (der Ältere) sah sich mit dem Vorwurf konfrontiert, ein »fucking Nazi« zu sein; Bill Clinton musste sich anhören, dass man ihn als »Drecksack« beschimpft; Tucker Carlson konnte Obama folgenlos als »Weichei« bezeichnen.[8] Und so weiter.

Was Biden angeht: Er ist sogar selbst in die Offensive gegangen und hat Trump bei Gelegenheit als »pompous asshole« bezeichnet, natürlich folgenlos, in jeder Hinsicht. Andererseits musste kein Leidensgenosse auch nur annähernd so viel schlucken wie er – was nicht zuletzt dadurch erklärt werden kann, dass frustrierte Verliererhorden versuchen, seine Wahl als skandalöses Betrugsmanöver darzustellen. Nach dem Motto: Wenn ein Idiot dieses Kalibers gewinnt, dann müssen finstere Mächte am Werk gewesen sein.

Wahn ohne Sinn

So sind »trumpistische« Meinungsmacher mit Verve daran gegangen, Bidens Reputation dermaßen gründlich zu ruinieren, dass, wenn man ihn schon nicht aus dem Amt jagen kann, das »gute« Amerika immerhin davor bewahrt bleibt, ihn länger als unvermeidlich aushalten zu müssen.

Die Geschichte hält für diesen Zweck ein reichhaltiges Repertoire an Gemeinheiten bereit. Vor allem stößt man immer wieder auf schlüpfrige Pamphlete, welche den schädlichen Einfluss »starker Frauen« ausmalen. Sei es, dass Kurtisanen ihren windelweichen Herren und Gebieter im Schlafzimmer manipuliert haben sollen (wie Madame Pompadour den fünfzehnten Ludwig); sei es, dass eine königliche Hoheit sich unziemlich von den Staatsgeschäften hat ablenken lassen (wie Englands Karl II. seiner vielen Mätressen wegen).[9]

5 www.law.cornell.edu/wex/new_york_times_v_sullivan_(1964)

6 www.law.cornell.edu/supremecourt/text/403/15

7 Der eine wird als »hypocritical asshole« eingestuft, den anderen hat man vor einigen Jahren sogar als »the biggest asshole in the history of Western Civilization« bezeichnet (anlässlich einer Oscar-Verleihung).

8 Edwin L. Battistella, *Dangerous Crooked Scoundrels. Insulting the President, from Washington to Trump*. Oxford University Press 2020.

9 Vgl. z. B. Robert Darnton, *Poetry and the Police*. Cambridge/Mass.: Harvard University Press 2010; Linda Porter, *Mistresses*.

So war niemand groß überrascht, als sich auch Bidens Gegner auf diese Weise der Frauenfrage angenommen haben. Ein ums andere Mal wurde ihm nachgesagt, er sei unfähig, weibliche Macht- oder Mitspracheambitionen in die Schranken zu weisen. Offenbar müssen sich seine Rivalinnen, anders als ihre Vorgängerinnen, nicht einmal besonders anstrengen, um ihn politisch an den Rand zu drängen. Denn ihnen liefert er sich, weil von Natur aus eine politische Null, sogar selbst ans Messer. Seine Amtsführung wirke so, kolportiert man, als würde »da einer im Oval Office herumlungern, der zwar aussieht wie Joe Biden, dessen einzige Entscheidung indessen darin besteht, den Lego-Baukasten auszuwählen, mit dem er an diesem Tag spielen will. Das Land aber wird von jener Frau regiert werden, die sich hinter den Kulissen durchsetzt: entweder Bidens Gattin Jill oder Vizepräsidentin Kamala Harris.«[10] Allerdings hat diese Debatte, weil beide ihre Nähe zur Macht offenbar nie richtig ausgenutzt haben, nicht wirklich gezündet. Lästermäuler mussten sich deshalb ganz auf ihren Präsidenten konzentrieren. So entstand ein Biden als Doppelcharakter, mal »dementer Clown«, mal »Joe Stalin«, mal unerträglich, mal gemeingefährlich.

Fast täglich kann das geneigte Publikum erfahren, welcher skandalöse Schwachkopf über Amerikas Schicksal entscheidet: »Also, Biden ist tatsächlich senil. Dumm war er schon immer, versessen auf jeden noch so blöden Gedanken, den diese schwammige Zellmasse, die als sein Gehirn gilt, ausgebrütet hat.« Die Worte variieren, ihre Botschaft ist immer gleich: Amerika wird von einem »grummelnden Zombie« regiert, den man besser »ins örtliche Heim für betreutes Wohnen« steckt.

Dieser Therapievorschlag reagiert auf einen Katalog präsidialer Altersschwächen, die aller Welt vorführen sollen, wie wenig mit diesem »Führer« noch gerechnet werden darf: »Er verirrt sich. Er vergisst, in welchem Land er sich gerade aufhält. Er verstümmelt Wörter. Er liest vom Teleprompter wortwörtlich ab. Auf der Bühne wird er von seiner Frau oder gerade verfügbaren Kleinkindern herumgeführt. Er vergisst Namen. Er stolpert über Stufen. Er fällt vom Fahrrad. Er vergisst, wer er ist. Er flüchtet sich in bizarre Wutausbrüche. Und diese Liste will einfach kein Ende nehmen.« Weshalb man sich früher oder später des Eindrucks nicht mehr erwehren kann (können soll), dass der Präsident »offenbar schon verwest, während er noch lebt«. In einer weniger aufgeladenen Atmosphäre hätte man darüber hinweggesehen, dezent geschwiegen und schweigend für Schadensbegrenzung gesorgt, doch gerade darum ging es nicht.

Gemeingefährlich ist Bidens Debilität deshalb, sagt man, weil seine Entscheidungen Konsequenzen nach sich ziehen, die er nicht übersieht. Sogar ein diktatorischer Wahn wurde ihm, dem »Trottel«, attestiert: besonders auffällig und folgenschwer manifestiert in seiner aggressiven Covid-Strategie. Die Leute haben den Skandal nicht gleich erkannt, doch inzwischen hat man ihnen heimgeleuchtet: »Sie

Sex and Scandal at the Court of Charles II. London: Picador 2020.

10 Alle Zitate dieses Abschnitts, die nicht eigens ausgewiesen sind, entstammen der Internetseite www.therighting.com, die bemerkenswerte Ergüsse des militant-rechten Medienmarktsegments laufend zusammenstellt.

merken, dass Biden ein innerer Feind ist, so wie es auch all jene sind, die seine Anwesenheit im ›Weißen Haus des Volkes‹ einfach tolerieren und ihm so erlauben, das amerikanische Volk zu verraten.« Wer will, mag Wetten darauf abschließen, dass es im gleichen Stil weitergehen und immer skandalösere Ausmaße annehmen wird: »Der nächste Schritt? Zwangsimpfungen unter Androhung von Geld- und Gefängnisstrafen; die Drohung, unwilligen Eltern die Kinder wegzunehmen; Impfungen mit vorgehaltener Waffe.« Zwar wäre selbst in diesem Fall bis zur vollendeten Tyrannei noch ein gutes Stück Wegs zurückzulegen, doch Joe Biden, heißt es, kopiere »stalinistische« Praktiken, weshalb er besser früher als später aus dem Verkehr gezogen werden sollte.

Andererseits wird, als ob beides zusammenpassen würde, eine gegenläufige Praxis moniert, nämlich Bidens abstruse Bereitschaft, sogar den kompletten Ausverkauf Amerikas hinzunehmen: »Alles«, verkünden die Lästermäuler, »ist inzwischen klar zu erkennen. Im Weißen Haus regiert ein Verräter und, bildlich gesprochen, Selbstmordattentäter.« Dem einfach gestrickten Mann auf der Straße mag das verborgen bleiben, doch wer Augen hat zu sehen, merkt, was sich da anbahnt: »Offenkundig steht Präsident Biden unter der Fuchtel der chinesischen KP und des mexikanischen Drogenkartells. Sie haben ihn dort oben installiert, damit er Amerika, die amerikanische Lebensform, den Kapitalismus und vor allem Amerikas einzigartige Mittelklasse zerstört.« Simple Gehirne wie das Bidens, die einmal aufs falsche Gleis gesetzt worden sind, folgen dessen Verlauf für immer (»filter bubble«).

Was soll man von dieser republikanischen Apokalypse halten? Unter den gegebenen Umständen sind Gedankensprünge und Sinndefizite nicht dazu angetan, dem parteilichen Handlungsdrang Fesseln anzulegen. Wohin die amerikanische Reise des »wahren« Volkes gehen soll, lässt sich heute schon erahnen: Ganze Container voller Gesetzesentwürfe, verfertigt von politischen Heißspornen in Texas und anderswo, attackieren den (wahl)rechtlichen Status quo.[11] Eine Zeitlang wurden es fast täglich mehr: »In an unprecedented year so far for voting legislation, 19 states have enacted 33 laws that will make it harder for Americans to vote.« So sah es nach gerade mal einem Jahr Biden aus.[12] Es war (und ist), als ob ein Augiasstall ausgemistet werden müsste – und könnte, weil man sich von schikanösen Wahlgesetzen verspricht, dass sie unliebsame Wähler von der Urne fernhalten.

»Stop the Steal!«

Wer sich, erstens, hat davon überzeugen lassen, dass Biden ein historischer Reinfall zu werden verspricht; zweitens mitanzusehen glaubt, wie dieser Präsident durch Betrügereien ungekannten Ausmaßes zu seinem Amt gekommen ist; und, drittens, befürchtet, interessierte Kreise würden ihren Versager, weil sie ihn weite-

11 Sam Levine, *The Republicans' staggering effort to attack voting rights in Biden's first 100 days*. In: *Guardian* vom 28. April 2021 (www.theguardian.com/us-news/2021/apr/28/republicans-voter-suppression-biden-100-days).

12 *Voting Laws Roundup: October 2021*. In: *Brennan Center for Justice* vom 4. Oktober 2021 (www.brennancenter.org/our-work/research-reports/voting-laws-roundup-october-2021).

re vier Jahre zu »melken« gedächten, beim nächsten Mal erneut ins Amt hieven – dessen Stunde ist gekommen. Er will, ja muss handeln. Stop the Steal![13]

Was tun? Trump hatte die Wahlen verloren und nicht nur das: All seine Versuche, auf dem Gerichtsweg den politischen Machtwechsel anzuhalten, sind jämmerlich gescheitert. Mit dieser ernsten Lage konfrontiert, sind viele »betroffene« Amerikaner zum Schluss gelangt, das einzige verbliebene Mittel, um Biden und seinen Hintermännern Grenzen zu setzen, sei die bewaffnete Selbsthilfe. Durch die Presse gegangen sind Bilder eines ältlichen Juristenehepaars, dem angesichts vorbeiziehender Demonstranten nichts Besseres eingefallen ist, als seine prächtige Villa mit der Waffe zu verteidigen – Schreckgespenstern gleich, die höchstens sich selbst erschreckt haben. Wie auch immer, 2020 sind jedenfalls horrend viele Schießeisen verkauft worden, nämlich knapp 22 Millionen.[14]

Der politische Wind sollte indessen noch weiter auffrischen. Es schlug nämlich die Stunde jener Horden (Proud Boys, Oath Keepers), deren paramilitärisches Selbstverständnis vor dem *kollektiven* Waffeneinsatz nicht zurückschrecken würde, falls es darum gehen sollte, den Skandal des erzwungenen Trump-Exitus aus der Welt zu schaffen: »Entscheidend ist«, lautete das Motto des bevorstehenden Sturms aufs Kapitol, »dass alle Patrioten, die können, nach Washington kommen und erhobenen Hauptes den Kampf Präsident Trumps unterstützen. Es geht darum, jene Feinde aus dem In- und Ausland zu besiegen, die mittels eines massiven Wahlbetrugs und anderer Angriffe den Staatsstreich durchführen wollen.«[15] Trump hatte sein Fußvolk auf eben diese Lage vorbereitet: »stand back and stand by«, haltet euch zurück und seid bereit.[16] Jetzt war der Augenblick gekommen, um für den Anführer die Kastanien aus dem Feuer zu holen – er müsste dazu nur seinem Amtseid gemäß »als Kriegspräsident agieren und *schnell* handeln, um die Verfassung zu verteidigen«.

Die Enttäuschung sollte auf dem Fuß folgen, und sie war riesengroß. In den Worten eines abgrundtief frustrierten Mitstreiters: »Fuck Trump! Fuck him more than Biden. Ich bin diesem Burschen vier Jahre lang nachgelaufen, habe alles gegeben und alles verloren. Sicher, er hat uns wachgerüttelt und daran glauben lassen, dass eine Art ›Jüngstes Gericht‹ kommen wird – doch passiert ist nichts. Nun werden ich und meine Freunde im Gefängnis landen, weil wir diesem Kerl,

13 Charles Homans, *How »Stop the Steal« Captured the American Right*. In: *New York Times* vom 19. Juli 2022.

14 Tom Jackman, *St. Louis couple who aimed guns at protesters charged with felony weapons count*. In: *Washington Post* vom 20. Juli 2020 (www.washingtonpost.com/nation/2020/07/20/st-louis-couple-who-aimed-guns-protesters-charged-with-felony-weapons-count/); Joe Walsh, *U. S. Bought Almost 20 Million Guns Last Year – Second-Highest Year On Record*. In: *Forbes* vom 14. April 2022 (www.forbes.com/sites/joewalsh/2022/01/05/us-bought-almost-20-million-guns-last-year---second-highest-year-on-record/?sh=5aeee3d713bb)

15 www.splcenter.org/fighting-hate/extremist-files/group/oath-keepers

16 Ed Pilkington, *»Stand back and stand by«: How Trumpism led to the Capitol siege*. In: *Guardian* vom 6. Januar 2021 (www.theguardian.com/us-news/2021/jan/06/donald-trump-armed-protest-capitol).

ohne groß nachzufragen, einfach gefolgt sind.«[17]

Wie kann man sich dermaßen täuschen? Trumps Programm ist seine *Person* – er hat den selbstherrlichen Führer gegeben, und dieser Narzissmus war zugleich die Philosophie der Fans. Auch sie stellen persönliche Qualitäten heraus, einige feiern ihre Entschlossenheit (man erfüllt Schwüre, bedingungslos), andere legen Wert darauf, dass der (männliche) Stolz keine Schrammen abbekommt – und beiden gilt *dienende* Militanz als wichtigster Charakternachweis. Wenn diese besinnungslosen Haltungshelden einem notorischen Schreibtischtäter auf den Leim gehen, dem man schon deshalb blind vertraut, weil er (angeblich) führt.

Da wird offenbar jenes Ideal wiederbelebt, das ein wirklicher König, nämlich Englands James I, vor Urzeiten seinen Untertanen abgefordert hat: »Wonder at kings, and them obey.«

Hegels Erbschleicher

Gerade weil Amerikas Präsident von Amts wegen einem König gleicht, der unter falscher Flagge – »a different name« – segelt, können seine politischen Gegner auf den Gedanken verfallen, ihn nach altem Brauch rücksichtslos zu beleidigen. Während ihre Vorläufer unversehens im Tower oder am Galgen enden konnten, genießen sie sogar höchstrichterliche Immunität.

Hierzulande trifft man auf eine komplett andere Sachlage: Selbst wenn es gelänge, den Höchsten aus dem Amt zu ekeln, wäre kaum etwas gewonnen, weil er wenige Pflichten und noch weniger zu sagen hat. Mit anderen Worten: Er verkörpert den hegelianischen Souverän, »der ›Ja‹ sagt und den Punkt auf das I setzt«.

Hegels Erbschleicher, das Heer der zwanzigtausend »Reichsbürger« und »Selbstverwalter«,[18] teilen mit ihren amerikanischen Gesinnungsbrüdern den Gedanken, dass der Status quo nicht ohne Gewalt transformiert werden kann – auch wenn sie in Sachen Ausrüstung weder quantitativ noch qualitativ konkurrenzfähig sind: Die Bundesanwaltschaft hat fünfundzwanzig Verdächtige Ende 2022 festnehmen lassen, »darunter frühere Offiziere und Polizeibeamte«. Dabei sind allerlei Waffen sichergestellt worden, »darunter Schwerter, Armbrüste und Schusswaffen«. Derartige Funde dokumentieren die Waffenaffinität und das Gewaltpotential solcher Menschen, wiewohl wenig dafür spricht, dass diese Republik sich in absehbarer Zukunft mit ganzen Heerscharen »stolzer« und »eidestreuer« Querulanten wird herumschlagen müssen. Immerhin: Der Schoß scheint noch immer fruchtbar zu sein.

Informativer ist freilich, was beide Bewegungen unterscheidet. Amerikas Aufmüpfige betonen den Wert *persönlicher* Qualitäten. Ihnen ist wichtig, dass sich Patrioten förmlich oder faktisch an den

17 Aldous J. Pennyfarthing, *Proud Boys leader to former guy: »F*ck you Trump«*. In: *Daily Kos* vom 14. Mai 2021 (www.dailykos.com/stories/2021/5/14/2030546/-Proud-Boys-leader-to-former-guy-F-ck-you-Trump-You-left-us-on-the-battlefield-bloody-and-alone.

18 Zur (nachrangigen) Differenz zwischen beiden Gruppierungen vgl. Christoph und Sophie Schönberger (Hrsg.), *Die Reichsbürger. Verfassungsfeinde zwischen Staatsverweigerung und Verschwörungstheorie*. Frankfurt: Campus 2019.

offiziellen Amtseid gebunden fühlen: »I will support and defend the Constitution of the United States against all enemies, foreign and domestic«, wobei speziell der innere Feind – derzeit Biden – ins Visier gerät und mit Attacken rechnen muss. Dagegen wirken ihre deutschen Ableger nachgerade unpersönlich, ja blutleer.

Der politische Bankrott, den diese Kreise verspüren und verkünden, wird längerfristig nicht einer starken Persönlichkeit zur gründlichen Behandlung anvertraut, sondern soll mittels einer arteigenen, das heißt zum (deutschen) Volkscharakter passenden *Verfasstheit* überwunden werden. Zwar bleiben deren Konturen fürs Erste weitgehend im Dunkeln, doch zwei Handlungsstränge lassen sich ausmachen. Sie betreffen Regierung und Verwaltung.

Regieren ist ein Geschäft, von dem man vorderhand nur träumen und sich daher alles Mögliche wünschen kann. Der eigenen Fantasie sind keine Fesseln angelegt, dem eigenen Ehrgeiz nur wenige. Den Einstieg in die neue Zeit planen diese Leute noch nach amerikanischer Art, à la Trump, zu schaffen: »Ein Kommando, bestehend aus ehemaligen Soldaten, sollte das deutsche Parlament stürmen und Bundestagsabgeordnete in Handschellen abführen. Über das Radio sollte dann ein Codewort ausgegeben werden, woraufhin ›Blackouts‹ ausgelöst werden sollten. Am Ende sollte dann der Sturz der Regierung stehen.«[19]

Danach geht es aber »preußisch« weiter. So will man als Allererstes einen heimlichen »Rat« etablieren, der nach erfolgtem Staatsstreich die Geschicke des Landes bestimmen würde.[20] Neuer »Reichsführer« möchte Heinrich XIII. Prinz Reuß werden; unter seiner Führung sollen mehrere Ressorts umgehend ihre Arbeit aufnehmen; deren (sehr) provisorische Leiter stehen ebenfalls schon fest. Nachgeordnete Ämter und Behörden würden dann Schritt für Schritt etabliert. Alles in allem ein Programm, das in schroffem Gegensatz zum »Trumpismus« steht, dessen oberstes Gebot bekanntlich lautet, dass alle wichtigen Entscheidungen einfach, einsam und *gegen* den bürokratischen Apparat (»the deep state«) getroffen werden müssen.[21]

Fürs Erste ist dieses »Preußentum« wenig mehr als eine Attitüde. Schließlich müsste es sich hauptsächlich auf dem Terrain der Verwaltung zeigen – und dort stehen die »Reichsbürger« einem existierenden öffentlichen Dienst mit fünf Millionen Beschäftigten hilflos gegenüber. Weshalb ihnen nichts anderes übrig blieb, als den Papierkram auszutüfteln, mit dessen Hilfe sie das Reich dereinst administrieren wollen. So hat man sich zum Beispiel vorgestellt, was eine künftige »Reichsmeldestelle« gegen Bezahlung an ordnungsstiftenden Dokumenten offerieren könnte: nämlich Reichskinderausweise (80 DM), Reichsführerscheine (100 DM), Reichsreisepässe (240 DM), Staatsangehörigkeitsausweise (100 DM) sowie – kostenfreie –

19 *Fantasien vom Umsturz*. In: *Tagesschau* vom 7. Dezember 2022 (www.tagesschau.de/investigativ/ndr-wdr/razzia-reichsbuerger-staatsstreich-geplant-101.html).

20 Hinzuzufügen wäre allerdings, dass die »Staatsstreicher« ihr Treiben rechtlich für unanfechtbar halten, da Deutschland kein souveräner Staat sei und über keine Verfassung verfüge.

21 Ryan Saylor, *If Trump wins again, he wants to be able to fire civil servants*. In: *Washington Post* vom 26. August 2022.

Einbürgerungsanträge.[22] Die Präzision soll wohl Präsenz suggerieren (»alles ist bereit«), doch für den unbefangenen Beobachter demonstriert sie eher, dass sich hier Schwachköpfe an Schimären abarbeiten.

Doppelstaat oder Diktatur

Allgemein gesprochen: Was den Reichsbürokraten vorschwebt, ist ein Parallel- oder *Doppelstaat*, verstanden als Option, das gute Leben von einst schon in der schlechten Gegenwart schrittweise wieder auferstehen zu lassen.[23] Dafür werden Spurenelemente einer alternativen Bürokratie in die Welt gesetzt, deren einziger Effekt darin besteht, verstreuten Gefolgsleuten das Gefühl zu vermitteln, es gehe vor- und aufwärts mit der herbeigesehnten Staatlichkeit.

Mit solchen Lappalien halten sich Amerikas Revoluzzer gar nicht erst auf. Ihre Trump-Fixierung wird von dem Glauben getragen, dass der angebetete Held, anstatt sich mit Halbheiten zufriedenzugeben, gleich aufs Ganze geht und den Augiasstall »Washington« gründlich ausmistet. Wäre es nach ihren Wünschen gegangen, hätte Trump seinen Wahlsieg eigenmächtig erklärt und, bevor Kontrahenten überhaupt reagieren können, die Verfassung kassiert. Danach würde er zeitlebens »mit Wählern nichts mehr zu schaffen haben«.[24]

Der prospektive Profiteur verkündet bereits, was er, ginge es nach ihm, alles entsorgen würde: »rules, regulations, and articles, even those found in the Constitution«.[25] Inzwischen kann man sogar lesen, dass Trump eine zweite Amtszeit dafür nutzen wolle, um öffentliche Hinrichtungen (Hängen, Erschießen) wieder gesell schaftsfähig zu machen.[26] Dass sich politische Positionen von derart »krawalliger« Qualität mit demokratischen Konventionen nicht mehr einfangen lassen, steht außer Frage.[27]

22 Man beachte, dass im Jahr 2023 die »Deutsche Mark« immer noch als gültige Währung gelten soll (www.reichsmeldestelle.info/antrag/index.php).

23 Ernst Fraenkel, *Der Doppelstaat*. Hamburg: Europäische Verlagsanstalt 2001 (dort allerdings anders verstanden).

24 Benjamin R. Teitelbaum, *Trump Ally Steve Bannon Wants to Destroy U.S. Society as We Know It*. In: *New Lines Magazine* vom 8. August 2022 (newlinesmag.com/argument/trump-ally-steve-bannon-wants-to-destroy-u-s-society-as-we-know-it/).

25 Maggie Astor, *Trump's Call for »Termination« of Constitution Draws Rebukes*. In: *New York Times* vom 4. Dezember 2022 (www.nytimes.com/2022/12/04/us/politics/trump-constitution-republicans.html)

26 Bess Levin, *Report: Trump wants to bring back hangings and firing squads in his second term, is thinking about guillotines too*. In: *Vanity Fair* vom 14. Februar 2023 (www.vanityfair.com/news/2023/02/donald-trump-guillotines-firing-squads-executions).

27 Zum Verhältnis von Kompromiss und Konflikt in Demokratien vgl. Jane J. Mansbridge, *Beyond Adversary Democracy*. University of Chicago Press 1983.

Warum Lueger fallen muss

Von Richard Schuberth

2020 war das Jahr der attackierten Statuen. Im Zuge eines neuen identitätspolitischen Antirassismus entdeckten Aktivisten die Schattenseiten der Heroen auf den Sockeln westlicher Städte. Das führte zu Szenen, wie sie der zeitgeschichtlichen Erinnerung aus Osteuropa nach dem Untergang der Sowjetunion oder aus dem Irak nach der US-Invasion geläufig sind: In Bristol brachten wütende Demonstranten die Statue des Philanthropen und Sklavenhändlers Edward Colston (1636 bis 1721) zu Fall und warfen sie ins Hafenbecken – der Auftakt zu europaweiten Appellen, auch unzähligen weiteren Rassisten und Kolonialisten aus Stein und Bronze den Garaus zu machen. Dem stolzen Habitus der Statue des ebenso populären wie antisemitischen Bürgermeisters Karl Lueger (1844 bis 1910) konnten diese Anfechtungen nichts anhaben. Pikanterweise schützt ihn nicht Gott, auf den er sich stets berief, sondern seine einst größte Feindin, die Wiener Sozialdemokratie.

Der sichtbare Teil des Mycels

Heftige Diskussionen über den neuen Ikonoklasmus waberten durch die Feuilletons. Auffallend war, dass die Aktivisten oft das Richtige mit falschen, ihre Gegner das Falsche mit richtigen Argumenten behaupteten. Erstere hatten vom Poststrukturalismus gelernt, die Welt der Zeichen, Symbole und Repräsentanzen der Wirkmacht der materiellen Welt für ebenbürtig zu halten. Jedoch verschwand diese immer mehr aus ihrem Fokus, weshalb sie dem Irrtum anhingen, mit der Abschaffung der Symbole würden auch die Missstände aus der Welt geschafft. Aber die sichtbaren Pilze von der Waldoberfläche zu rasieren lässt das Mycelgeflecht unter der Erde nicht verdorren, sondern macht die Verpilzung bloß unsichtbar. Jene Denkmäler sind eben auch stets Male der einst dominanten Ideologien.

Der bilderstürmende Antirassismus indes erweist sich als ahistorisch, berücksichtigt doch sein bloß moralisches Raster nicht die Ambivalenzen und den zeitlichen Kontext der zu stürzenden Persönlichkeiten. Immanuel Kant, den Autor des *Ewigen Friedens*, als Rassisten zu verteufeln, ohne die Beschränkungen seiner Zeit mitzudenken, und Winston Churchill als den hartnäckigen Kolonialisten, der er gewiss war, dabei aber seine Rolle als führender Widersacher Hitlers zu bagatellisieren, trägt die problematische Tendenz in sich, hinter dem Slogan der »multidirektionalen Erinnerung« Aufklärung als westlichen Herrschaftsdiskurs und Antifaschismus als eurozentrische Erzählung zu delegitimieren.

Liberale und konservative Kritiker führen gegen die Denkmalstürmer gerne das Argument des historischen Kontexts ins Feld und versuchen damit nur zu oft die versteckten und offenen Kontinuitäten eines solchen Kontexts zu verwischen. Ich plädiere dafür, jeden Einzelfall gesondert zu betrachten, also zu diskutieren, wann der Denkmalsturm zu Recht geschieht, wann eine erläuternde Plakette oder eine künstlerische Intervention lehrreicher wären und wann der Mist einfach weggehört. Der Mist auf dem Wiener Karl-Lueger-

Platz samt dem Namen des Platzes zum Beispiel gehört auf jeden Fall weg.

Nun ist der Ruf nach der Demontage des Denkmals ebenso wenig neu wie dessen Nichtbeachtung. Keine der bislang erfolgten Evaluierungen kommt in ihrem Sachgehalt so nahe an die Wahrheit heran wie das Graffito, das beständig den Sockel ziert: *Schande*.

Trittbrettfahrer der Modernisierung

Die Verteidiger des Denkmals, wozu in Wien auch die sozialdemokratische Stadtregierung zählt, wissen genau, wessen Andenken sie schützen, und rechtfertigen das mit der großen Popularität, die Lueger, Bürgermeister Wiens von 1897 bis 1910, zu Lebenszeiten genoss, sowie mit seinen kommunalen Verdiensten. Auch der Holocaust-Überlebende und Antifaschist Serge Klarsfeld wimmelte letztes Jahr eine Unterstützungserklärung zur Demontage des Denkmals mit dem Verweis auf dessen positive Initiativen ab.

Das entspricht der allgemeinen Auffassung, die durch Repetition um nichts richtiger wird. Ohne die beachtliche Initiative des Karl Lueger als Bauherr und Modernisierer schmälern zu wollen, erwies er sich doch als nicht mehr, wenn auch nicht weniger denn als Manager der Fortschrittsschübe seiner Zeit. Elektrifizierung der Straßenbahnen lag im internationalen Trend, lange vor Wien fuhren in Prag, Sarajevo und Lemberg Garnituren mit Oberleitung. Desgleichen die Errichtung von Altenpflegeheimen und Spitälern. Und entgegen der landläufigen Überzeugung, Wien verdanke das »gute Wasser« dem Lueger, hat dieser mit der II. Wiener Hochquellwasserleitung bloß die wahre Pionierleistung von 1873 ergänzt, die Wien dem liberalen Bürgermeister Cajetan Felder, mehr noch dessen wissenschaftlichem Berater, Eduard Suess, verdankt.

Suess' Präsidentschaft der Akademie der Wissenschaften deckte sich zeitlich mit Luegers Amtszeit, zu welcher der verdiente Geologe in aller Welt Ehrungen erhielt. Außer in seiner Heimatstadt. Als Jude, Liberaler und Wissenschaftler verkörperte Suess eine dreifache Zielscheibe für Luegers Partei, die Christlichsozialen. Niemals zuvor, und bis zu den Nazis auch danach, wogte eine solche Intellektuellenfeindlichkeit durch Wien wie zu Zeiten Luegers. Geschürt wurde sie vom angeblichen Modernisierer selbst, der in seinen Reden dafür sorgte, dass »Professor« zum beliebten Schimpfwort wurde.

Auch die Kommunalisierung des Straßenverkehrs und der Elektrizitätsversorgung war eine allgemeine Entwicklung, in deren Zuge bürgerlich-populistische und nationalistische Parteien zwischen Kapitalismus und Sozialismus lavierten. Wir wissen nicht, wie sich das Gepräge Wiens um 1900 unter einer sozialdemokratischen oder liberalen Regierung verändert hätte. Die immer stärker werdende Sozialdemokratie wurde durch Beibehaltung des Zensuswahlrechts und Verhinderung eines allgemeinen Wahlrechts in Wien konsequent von der politischen Partizipation ausgeschlossen. Seinen Erfolg verdankte Lueger der Öffnung des Kurienwahlrechts nach unten für mittelständische Unternehmer, Handwerker und Geschäftsbesitzer, durch die Wahlberechtigung volljähriger Männer, die eine Steuerleistung von mindestens fünf Gulden erbringen konnten. Auf den Schultern dieser »Fünf-

Gulden-Männer«, wie man sie nannte, und dem Auftrieb seiner Ressentiments ließ sich Lueger ins Rathaus tragen. Seinen Erfolg verdankte er nicht den Proletariern, denen er Faulheit und Aufwiegelei vorzuwerfen pflegte, sondern bestimmten Segmenten des Kleinbürgertums. Lueger bedankte sich bei diesen, indem er ihre Vorurteile weiter beständig fütterte: den Hass auf Juden, Liberale, Sozialisten und Gebildete.

Ein nüchterner Blick auf die Stimmenverhältnisse der Bürgermeisterwahl von 1895 nimmt Luegers Reputation als Liebling des Volkes einiges an Glanz. Mit seiner »Antiliberalen Wahlgemeinschaft«, bestehend aus Christlichsozialen und Deutschnationalen (auch Partei der Antisemiten genannt) konnte er von circa 70 000 Wahlberechtigten 42 700 Stimmen erwerben. Das waren allerdings nicht mehr als drei Prozent der etwa 1,5 Millionen Einwohner Wiens.

So er ein Denkmal verdient, dann als PR-Genie. Seine Beliebtheit wurde den Wienern durch eine nie zuvor gesehene Propagandamaschine suggeriert. Claqueure animierten echte Klatscher. Kein Politiker zuvor hatte sich durch so viele Gedenktafeln verewigt. Niemand kannte die Namen der Ingenieure, Künstler, Stadtplaner, Maurer und Hilfsarbeiter, aber jeder wusste, dass das jeweilige Objekt unter seiner Regentschaft erbaut worden war. »Warum sollen wir heute noch einem Wiener Politiker im Stadtbild von Wien größere Dankbarkeit bezeugen als allen anderen verdienten Künstlern, Wissenschaftlern und Politikern, denen vereinzelt nur kleine Sackgassen gewidmet sind?«, fragte Gerald Krieghofer 2013 in der *Presse*. Ein zeitgenössisches Satireblatt persiflierte Luegers Eigenwerbung. Es zeigte ein Elefantenbaby im Schönbrunner Zoo mit der Plakette »Geworfen unter Bürgermeister Dr. Karl Lueger«.

Sein Parteifreund Prälat Josef Scheicher attestierte ihm »Cäsarenwahn und Menschenverachtung«. Lueger habe »eine geradezu kindliche Freude gehabt, wenn ihn die Potentaten dieser Erde mit dem Kinderspielzeuge möglichst vieler Mascherln und Banderln behängten«. Der Junggeselle und Gegner des Frauenwahlrechts wusste viele Frauen für sich zu gewinnen, die dann in den Frauenverbänden der Partei für ihn agitierten, und nannte sie despektierlich »meinen Harem«. Was bei seiner Stammwählerschaft gut ankam, sorgte in anderen Gesellschaftskreisen für Kopfschütteln. Ein Zeitzeuge: »Aber mit welchem Behagen verweilte er in den Niederungen volkstümlicher Gemeinplätze und seichter Witze! […] Die Leitung eines Architektenkongresses beglückwünschte er zur Wahl des Versammlungsortes, weil – die Wienerinnen ›gut gebaut‹ seien.«

Karl Lueger nahm der Parteibuchwirtschaft ihren klandestinen Charakter, indem er offen bekannte: »Verantwortlich bin ich nur meinen Wählern, verantwortlich nur jenen Gemeinderäten, die mir ihre Stimme gaben.« Er ließ die Aufnahme von Anhängern seines deutschnationalen Widersachers Schönerer sowie von Sozialdemokraten und Menschen jüdischen Glaubens in den öffentlichen Dienst verbieten und verweigerte ihnen die gemeindeeigenen Schulturnplätze.

Wer Jud is, bestimm i

Richard Sennett hat den britischen Politiker John Wilkes (1727 bis 1797) als frühen Prototypen des modernen Populisten bestimmt. In Lueger aber erfuhr der Populismus, imprägniert von Wiener Lokalkolorit, seinen ersten Höhepunkt – durch die Synergie von stets abstiegsgefährdeten Kleinbürgern, deren Dünkel und Wunsch nach Personalisierung auf der einen, und eines Zynikers auf der anderen Seite, der es mit dem Kapital hielt, gegen das er wetterte, und sich die Herzen nicht durch Sachpolitik, sondern intensivierte Hetze erschlich. Friedrich Austerlitz, langjähriger Chefredakteur der *Arbeiter-Zeitung*, vermerkte in seinem Nachruf auf den Bürgermeister: »Vielleicht ist jene Popularität Luegers gar nicht die Sache, auf die Wien stolz sein darf. Denn Luegers Leben war von einer einzigen Sache erfüllt: dem Willen zur Macht.« Es sei eine »krankhafte Suggestion« gewesen, die »eine große Stadt zum Piedestal des Ehrgeizes einer Person entarten läßt«.

Auch Felix Salten verfasste ein Epitaph auf ihn: »Er zeigt, wie schlecht die Gebildeten das Regieren verstehen. Er, ein Gebildeter, ein Doktor, ein Advokat, zerfetzt die Ärzte, zerreißt die Advokaten, beschimpft die Professoren, verspottet die Wissenschaft; er gibt alles preis, was die Menge einschüchtert und beengt, er schleudert es hin, trampelt lachend darauf herum, und die Schuster, die Schneider, die Kutscher, die Gemüsekrämer, die Budiker jauchzen, rasen, glauben, das Zeitalter sei angebrochen, das da verheißen ward mit den Worten: selig sind die Armen im Geiste. Er bestätigt die Wiener Unterschicht in allen ihren Eigenschaften, in ihrer geistigen Bedürfnislosigkeit, in ihrem Mißtrauen gegen die Bildung, in ihrem Weindusel, in ihrer Liebe zu Gassenhauern, in ihrem Festhalten am Altmodischen, in ihrer übermütigen Selbstgefälligkeit; und sie rasen, sie rasen vor Wonne, wenn er zu ihnen spricht.«

Auch der junge Adolf Hitler, obgleich Anhänger des Deutschnationalen Schönerer, konnte sich diesem Sog, der »Brandfackel des unter die Masse geschleuderten Wortes« nicht entziehen. Jede Propaganda, so Hitler in Anspielung auf Lueger, müsse sich einstellen auf die »Aufnahmefähigkeit der Beschränktesten unter denen, an die er sich zu richten gedenkt [...] Je bescheidener [...] ihr wissenschaftlicher Ballast ist, und je mehr sie ausschließlich auf das Fühlen der Masse Rücksicht nimmt, umso durchschlagender der Erfolg.«

Das universelle Feindbild, auf das der »Volkskaiser« setzte, entsprach dem Zeitgeist. Seit etwa 1880 war der Antisemitismus in ganz Europa als probater Blitzableiter diverser Modernisierungstraumata zur Massenströmung geworden, Lueger aber verlieh ihm eine Totalität als Breitbandantibiotikum gegen nur jeden erdenklichen Missstand. Hatten im neueren Antisemitismus die Juden bei allen Übeln ihre Finger im Spiel, so erklärte er alle Übel zu jüdischen Eigenschaften. Presse, Liberale, Intellektuelle und Professoren, den Kapitalismus, den Sozialismus, die Migrantenplage, alle punzierte er als Ausdruck des Jüdischen.

Als Hitler nach Wien kam, war sein Deutschnationalismus stärker ausgeprägt als sein Antisemitismus. Über das *Deutsche Volksblatt*, das Luegers Linie unterstützte, schrieb er zum Beispiel: »Mit dem scharfen antisemitischen Ton war ich nicht einverstanden, allein las ich auch hin und wieder Begründungen, die mir einiges Nachdenken verursachten.«

Das Feuer des Antisemitismus hätte in Wien nicht so hell gelodert, hätten Lueger und seine Parteifreunde nicht bei jeder sich bietenden Gelegenheit Öl hineingegossen. Nicht nur in Bierzelt und Heurigen, auch im Reichsrat wurde mit der Idee der physischen Vernichtung der Juden gespielt. Was sich selbst bloß augenzwinkernd als demagogischer Theaterdonner verharmlosen wollte, war die adäquate Einstimmung auf ganz konkrete politische Ziele, allen voran die Rücknahme der Emanzipation der Juden von 1867, »damit Gesetze zur Aufhebung der Gleichberechtigung der Juden, zu Konfiskation der Judengüter und Austreibung der Juden zustande kommen«.

Ein blutiger Gspaß

Die von Lueger favorisierten Fleischer und Bäcker trieben die Lebensmittelpreise hoch, so dass die Sozialdemokraten eine eigene Bäckergenossenschaft ins Leben riefen, deren billigeren Semmeln auch der junge Hitler den Vorzug gab. Schuld an der Teuerung mussten jedenfalls die Juden sein. Der »Judenschwindel«, mit dem Luegers Parteifreund Josef Gregorik die hohen Getreide- und Düngemittelpreise erklärte, wofür er auch prompt eine Lösung parat hatte (die von seiner Fraktion im Reichsrat mit polterndem Gelächter goutiert wurde): »Ich würde es gerne sehen, wenn die ganzen Juden in Kunstdünger vermahlen würden ... Es würde mich das sehr freuen [...] Wenn Sie jetzt hingehen und hängen 3000 Börsejuden heute noch auf, haben Sie morgen das Getreide billiger. Tun Sie das, es ist die einzige Lösung der Brotfrage.« Der Christlichsoziale Ernest Schneider schlug vor, alle Juden auf Schiffe zu pferchen und auf hoher See zu versenken, »wenn nur gewiß sei, daß der letzte Jude ertrinkt«.

Lueger indes affirmierte die von prominenten Geistlichen in seinem Dunstkreis wiederaufgenommenen Ritualmordlegenden. »Es kommt vor«, verkündete er im Reichsrat, »daß die Juden Blut entgegen ihrem Verbote gebraucht, beziehungsweise sich mit Blut befleckt haben. Was früher geschah, kann das auch nicht jetzt geschehen?« Hier artikulierten sich nicht bloß radikale Provokationen des rechten Parteirands, von denen sich der gutmütige Parteichef mäßigend distanzierte, er selbst war der Motor dieses nicht nur allegorischen Spiels mit dem Pogrom. Als ein liberaler jüdischer Abgeordneter im Reichsrat gegen die antisemitische Volksverhetzung protestierte, witzelte Lueger, der Antisemitismus werde »zugrunde gehen, aber erst dann, wenn der letzte Jude zugrunde gegangen ist«. Was in der Reichshauptstadt als angeblich folgenlose Gaudi inszeniert wurde, führte in Prag und in der osteuropäischen Peripherie zu tätlichen Ausschreitungen gegen die jüdischen Gemeinden, nachdem christlichsoziale Blätter dort immer wieder explizit zum Judenmord aufgerufen hatten.

Das historische Gedächtnis exkulpiert Lueger durch Verweis auf die Spezifika der Wiener Mentalität. Folglich wäre Lueger ein begnadeter Aufschneider, ein Schaf im Wolfspelz gewesen, dessen augenzwinkernde Judenhetze bloß ein Spiel mit seinen Anhängern gewesen sei und dessen eingeschüchterten Opfern man kumpelhaft vorwerfen könne, sie verstünden keinen Spaß.

Gegenüber dem liberalen Statthalter von Niederösterreich Graf Kielmannsegg bekannte Lueger, der Antisemitismus sei

»für ihn nur ein massenköderndes Schlagwort, er selbst achte und schätze viele Juden und werde keinem je geflissentlich Unrecht tun«. Gegenüber dem besorgten jüdischen Abgeordneten Dr. Benno Straucher versicherte er: »Gengen S', das Wiener Volk ist ein derart gemütliches, dass es sich zu wirklichen Ausschreitungen gegen Juden nicht hergeben wird.« Entgegen der Wiener Mentalität, welche die Diskrepanz von Wort und Tat als besonders bewunderungswürdige Hinterfotzigkeit feiert, fand Sigmund Mayer, ein angesehenes Mitglied der Jüdischen Kultusgemeinde, die Worte: »Dem Manne fehlt eben jenes Primitivste, das den Menschen erst zum Charakter macht, die Ehrlichkeit. Seine antisemitische Gesinnung war stets und ganz und gar Heuchelei.« Mayer scheute nicht, es Lueger ins Gesicht zu sagen: »Nicht daß Sie Antisemit sind, werfe ich Ihnen vor, sondern daß Sie es nicht sind.« Auch Arthur Schnitzler befand: »Mir galt gerade das immer als der stärkste Beweis seiner moralischen Fragwürdigkeit.«

Es ist letztlich unerheblich, wie sehr der populistische Führer an die Inhalte seiner Agitation glaubt, es reicht, dass es seine Anhänger und Weggefährten tun. Lueger scheuchte dem ohnehin erstarkten Antisemitismus unzählige Novizen zu, fächelte der antisemitischen Flamme unablässig Luft zu, fuchtelte mit Fackeln vor den Judenvierteln, und dann jonglierte er mit ihnen, sobald man ihn darauf festzulegen versuchte, als sei das alles nur Show. Er erwies sich als der bürgermeistergewordene Transmissionsriemen zwischen dem alten religiösen Antijudaismus, der die Juden als kulturell und konfessionell Fremde markierte, und dem modernen Antisemitismus, dem der Jude als Projektionsfigur allen Unheils gerade durch seine Assimilierung nicht entkommt.

Ein Makel, und hierin war Lueger doch Antisemit alter Schule, der sich durch Konversion leicht beheben ließ. Lueger war judenfeindlich, aber kein Rasseantisemit, deutsch, aber nicht deutschnational. Tschechen und andere Minderheiten waren durch Christentum und Anpassung an eine Deutsch-Wiener Identität willkommen.

Der Kulturhistoriker Albert Fuchs resümierte, »die Verrohung mancher Volksteile, die durch seine Hetze herbeigeführt wurde«, sei »eine der Vorbedingungen für den Masseneinfluß« gewesen, »den nachmals der Nationalsozialismus in Österreich gewann«. Und immerhin beschwor er mit seiner Entmenschlichung der Juden noch das Drohbild übermächtiger Bestien herauf: »Was sind Wölfe, Löwen, Panther, Leoparden, Tiger, Menschen«, polterte er in seiner berühmten Reichstagsrede von 1890, »gegenüber diesen Raubtieren in Menschengestalt?« Die Metamorphose vom gefürchteten Raubtier zur Parasitenplage zeigt das erstarkte Selbstbewusstsein der Antisemiten an, deren Ermächtigung das größte bleibende Verdienst des Karl Lueger darstellte.

Mehr als nur launige Drohung

Kritischere Einschätzungen Luegers als diejenigen der Denkmalschützer einigen sich darauf, seine theatralische, aber nicht ernst gemeinte Hetze als zu Lebzeiten folgenlose Vorbereitung der späteren Nazi-Pogrome zu verorten. Felix Salten schien mehr zu wissen über die konkreten Auswirkungen von Luegers Demagogik, denn dass in Wien nicht so heiß gegessen wie gekocht wird, nützt den Verkochten wenig. »Die breite Masse der Kleinbürger«, so Salten, »aber irrt führerlos blökend wie eine verwaiste Herde durch die Versammlungslokale. Und alle sind von der österreichischen Selbstkritik, von der Skepsis, von der österreichischen Selbstironie bis zur Verzagtheit niedergedrückt. Da kommt dieser Mann und schlachtet – weil ihm sonst alle Künste misslingen – vor der aufheulenden Menge einen Juden. Auf der Rednertribüne schlachtet er ihn mit Worten, sticht ihn mit Worten tot, reißt ihn in Fetzen, schleudert ihn dem Volk zum Opfer hin. Es ist seine erste monarchisch-klerikale Tat: Der allgemeinen Unzufriedenheit den Weg in die Judengasse weisen: dort mag sie sich austoben.« Abgesehen davon, dass die Berufsverbote für Juden im öffentlichen Dienst sehr wohl existenzbedrohende politische Taten waren, tobte sich die Menge bereits während Luegers Wahlkampf in der »Judengasse« aus.

Das Magazin *Freies Blatt. Organ zur Abwehr des Antisemitismus*, das dem von Bertha von Suttners Ehemann Arthur Suttner mitbegründeten »Verein zur Abwehr des Antisemitismus« nahestand, dokumentierte in der Ausgabe vom 21. Juli 1895 akribisch die Ausschreitungen des christlichsozialen Mobs gegen Juden und linke und liberale Gegner des Antisemitismus. Misshandlungen von Juden und anderen fanden unter anderem in Klosterneuburg, in Wien im Café Salzgries und – in der Judengasse statt. Und dort wie an etlichen anderen Plätzen war es »nur der Umsicht der Polizei [...] zu danken, daß die verhetzten und mit Freibier bezechten Kumpane den vor dem Versammlungslocale ausgegebenen Schlachtruf ›Schlagt's die Juden todt!‹ nicht sofort verwirklichten«.

Über alle Anfechtungen erhaben prangt das 1926 eingeweihte Denkmal, das in seinem operettenhaften Jahrhundertwendepathos selbst einer Persönlichkeit, die ein Denkmal verdiente, zur Schande gereichte. Lediglich die heroisch-muskulösen Arbeiterfiguren am Sockel samt der stillenden Mutter und dem hilfsbedürftigen Greis, als Symbole für alle, die in Luegers Wien malochen, aber nicht wählen durften, und die ihn wohl auch nicht gewählt hätten, entsprechen dem nicht minder bedenklichen Zeitgeist der 1920er Jahre und repräsentieren die Schnittmenge zwischen sozialdemokratischer und faschistischer Ästhetik. Die Verherrlichung des entpersönlichten Menschen als werteschaffendem Funktionsträger und Muskelfunktion, von kreatürlicher Stumpfheit, austausch- und am Bau wie an der Front vernutzbar.

Bei aller Kritik des neueren identitätspolitischen Ikonoklasmus wäre das ausnahmslose Auszupfen bedenklicher Stein- und Bronzehelden zumindest eine Präventivmaßnahme gegen das größere Übel: die sogenannte künstlerische Intervention. Für politische Verantwortungsträger mag sie zwei Fliegen auf einen Schlag bedeuten: sich durch Förderung der Künste Selbstabsolution erteilen, indem man wieder ein paar leidlich talentierten Kunstuniabsolventen die fürstlich subventionierte Gelegenheit gibt, den obligatorischen politischen Aktivismus in die Vita zu gravieren, und sie die verpönten Denkmäler mit ihrer Objektkunst dekorieren lässt wie Christbäume. Allein die Interventionsversuche gegen das Mal des »feschen Karl« offenbaren die Dürftigkeit dieser Versuche, mit Spatzen auf Kanonen zu schießen. Schon 2009 machte sich die Universität für angewandte Kunst darüber Gedanken, wie man es kritisch verschönern könne, ohne es zu Fall zu bringen. Sinnigerweise ging der Lorbeerkranz an die Idee, die Statue um 3,5 Grad zu neigen, und zwar nicht in irgendeine Richtung, sondern – man hatte sich vorher in die Biografie Luegers eingelesen – nach rechts. Erfahrungsgemäß neigen sich solche Künstler in Folge selbst nach rechts, selbst wenn sie dabei nur in liberale Mittelmäßigkeit kippen.

Die aktuelle Installation *Lueger Temporär* von Nicole Six und Paul Petritsch hat bereits Weihen und Förderungen der Stadt Wien. Ein fröhlich buntes Gestänge, man weiß nicht, ob es das Gerüst einer Hochschaubahn oder bloß den steigenden Kurs der Aktien österreichischer Energieanbieter nachempfinden soll; der fesche Karl scheint jedenfalls ziemlich unbeeindruckt zu sein von der Bastelstunde, mit der man ihn kontextualisieren wollte. Nicht dass künstlerische Interventionen nicht brillant sein könnten, aber sie sind es selten, und zumeist schon kunsthandwerkliches Dekor, bevor ihre Institutionalisierung ihnen die Subversion ausdampft. Im schlimmsten Fall wird alsbald eine künstlerische Verfremdung in der öffentlichen Wahrnehmung zu jedem Kriegerdenkmal gehören wie die Heiligen Drei Könige zur Krippe.

Der beharrlichen Weigerung der stets sozialdemokratischen Stadtregierung, diesen miesen Populisten, Judenhetzer und Verächter der Sozialdemokratie aus dem Stadtbild zu entfernen, mögen tiefere, uneingestandene, vielleicht auch unverstandene Motive zugrunde liegen. Kritische Sozialdemokraten wie Friedrich Austerlitz fanden klare Worte für den Volkskaiser, andere, gar nicht wenige Sozialdemokraten erlagen früh seinem Charme, beneideten ihn um das, was Gramsci kulturelle Hegemonie nennen würde. Es war ein sozialdemokratischer Bürgermeister, Karl Seitz, der das Denkmal 1926 einweihte. Und der durchaus populistische Bürgermeister Helmut Zilk schmückte sein Büro mit Luegers Stuhl unter einer Glasvitrine. Unter Helmut Zilk wurde nicht nur manch ein Elefantenbaby geworfen, sondern auch der Touristenslogan »Wien ist anders« in Umlauf gebracht.

Lueger ist mehr als nur eine umstrittene Figur. Mit der Statue würde sich Wien seinen Seinsgrund ausreißen, sie ist der Nabel, in dem alle Mentalitätsfäden zusammenlaufen. Die Stadt Wien will nicht bloß Ärger mit den Rechten vermeiden noch einem Antisemiten huldigen, sondern ihrem wahren Schutzpatron. Und das ist nicht der Liebe Augustin, jener fidele Dudelsackspieler, der im späten 17. Jahrhundert totgeglaubt aus der Pestgrube kroch und den Wiener Gleichmut verkörpert, sondern der Lueger Karl, der Schutzpatron Wiener Windig- und Grindigkeit, jenes Relativismus als unausrottbarem Wesensmerkmal, nämlich der Kunst, vieles zu sagen und nichts zu meinen, immer ein paar Schritte zur Seite zu tänzeln, wenn man Wiener auf etwas festnageln will, die nach den barbarischsten Exzessen noch meinen, es sei nur ein Schmäh gewesen. Jene Windigkeit also, die auch einer nominell linken Partei nicht abhandenkommen soll, die sich alle Optionen offenhalten will: wirtschaftsliberale wie rechtspopulistische Charaden.

Geheime Spuren

Von David Gugerli

Dass sich Technikgeschichte vor allem für das Entstehen neuer Technologien interessiert, muss man ihr nicht zum Vorwurf machen – schließlich führt die Frage nach der Technikgenese fast zwangsläufig auch zur viel unbequemeren Frage, was denn vom Neuen verdrängt worden ist. Die Produktion von technischen Einrichtungen ist auf fatale Weise an das mehr oder weniger sanfte Verschwinden von Geräten und vertrauten Verfahren gekoppelt. Ob das auch für Apparaturen des Geheimen gilt?

Auskunft über geheime Maschinen zu erhalten, ist eigentlich ein Ding der Unmöglichkeit. Wer mit ihnen arbeitet und sie versteht, wird sich hüten, darüber zu berichten. Das trifft auch zu für die zehntausend britischen Geheimdienstmitarbeiterinnen, die im Zweiten Weltkrieg in Bletchley Park unter höchster Konzentration an der Entschlüsselung deutscher Geheimnachrichten arbeiteten. Sie hatten weder die Erlaubnis noch die Zeit, darüber nachzudenken, woher ihre Maschinen kamen, wie sie funktionierten und wohin sie nach dem Krieg verschwunden sind. Mit großer kollektiver Anstrengung und äußerst disziplinierten Verfahren hatten sie gelernt, britische Nachrichten zu verschlüsseln und aus den Funksprüchen, die von deutschen Enigma-Maschinen verhackstückt worden waren, fristgerecht englischen Klartext zu machen. Damit kamen sie gut voran, ohne dass man es bei der Wehrmacht gemerkt hätte.

Manchmal blieben in den Netzen der Abhördienste auch Funksprüche hängen, mit denen »Bletchley Park« gar nichts anzufangen wusste. Da war offensichtlich eine andere Maschine am Werk. Dem britischen Geheimdienst blieb nichts anderes übrig, als eine unbekannte Maschine aufgrund ihres komplett unverständlichen Outputs zu rekonstruieren. Man begann, knappes, aus Patentschriften abgeleitetes kryptologisches Wissen mit neuen mathematischen Überlegungen zu verknüpfen und zog mutige Schlüsse aus linguistischen Regeln und auffälligen Häufungen einzelner Buchstaben in den abgefangenen Nachrichten.

Einige dieser Schlüsse erwiesen sich nach wochenlangem Testen als falsch, andere bestätigten die Vermutung, dass die unbekannte Maschine mit zwölf Schlüsselrädern eine Periode von mehr als 10^{19} organisierte. Vieles deutete darauf hin, dass die Räder in drei Gruppen hintereinandergeschaltet waren. Die mittlere Gruppe wurde nach einem nicht wirklich zufälligen Zufallsprinzip entweder verwendet oder weggelassen. Das war ein Konstruktionsfehler, mit dem »Bletchley Park« arbeiten konnte.

Die aufwändige Rekonstruktion der unbekannten Maschine half beim Dekodieren der Nachrichten wenig oder nichts. Erst eine misslungene Übertragung zwischen Wien und Athen im Sommer 1941, die bei identischer Einstellung von Sender- und Empfängerstation mit kleinen Abweichungen im Text wiederholt wurde, beschleunigte die britische Hypothesenbildung. Seit Januar 1942 ließ sich eine einzelne Nachricht von »Tunny«, wie die Maschine genannt wurde, im Prinzip entschlüsseln. Man brauchte dafür aber vier Tage harter Arbeit. Die Nachrichten waren dann so alt, dass man sie gleich archivieren oder vernichten konnte. Die Ent-Deckung der Funktionsweise war brillant aber von beschränktem Nutzen.

Um der theoretisch rekonstruierten Maschine beizukommen, musste der Entschlüsselungsprozess um nicht weniger als zwei Größenordnungen beschleunigt werden, und das ließ sich bestimmt nicht durch einen hundertmal höheren Personaleinsatz bewerkstelligen. Das neue Problem wurde darum an eine noch zu bauende Maschine delegiert und deren Konstruktion von zwei Seiten angegangen.

Zwar ließen sich, das war kein Geheimnis, logische Strukturen mit elektrischen Schaltern oder, etwas schneller, mit elektromechanischen Relais bauen. Diese arbeiteten zuverlässig, aber für Entschlüsselungsaufgaben mit ihrer großen Zahl an Iterationen immer noch viel zu langsam. Richtig schnell, jedoch notorisch unzuverlässig, waren Röhren. Tommy Flowers wusste aus seiner Arbeit an Vermittlungsanlagen in der Entwicklungsabteilung des Post Office, dass diese Unzuverlässigkeit auf die schlechten Kontakte im Röhrensockel und auf die thermische Belastung der Röhren beim Ein- und Ausschalten zurückzuführen war. Die 2500 Röhren, die man für eine gute Dekodiermaschine brauchte, mussten also von Hand eingelötet, langsam erwärmt und dann immer in Betrieb gehalten werden.

In die geplante elektronische Großanlage musste verschlüsselter Text zuverlässig und schnell eingelesen werden. Einige Tausend Zeichen pro Sekunde. Das war schon schwierig genug. Gleichzeitig brauchte sie jedoch für jedes dieser Zeichen die jeweils richtigen Instruktionen für die anstehenden Entschlüsselungsprozeduren. Versuche, beides mit zwei parallel laufenden Lochstreifenbändern zu erreichen, scheiterten sowohl an der mangelnden Reißfestigkeit der Bänder als auch an der präzisen Synchronisierung zwischen Dateneingabe und Verarbeitungsinstruktionen. »Bletchley Park« kam auf die Idee, die Instruktionen statt auf einem Instruktionsband in der Verdrahtung der Maschine bereitzuhalten und die logischen Arbeitsschritte mit der jeweils erreichten Inputgeschwindigkeit der verschlüsselten Zeichen zu synchronisieren.

Die Konstruktion dieser wirkmächtigen Entschlüsselungsmaschine wurde im Post Office unter strengster Geheimhaltung realisiert, die erste Anlage wurde im Juni 1944 in Bletchley Park in Betrieb genommen, kurz vor der Invasion der Alliierten in der Normandie. Von der aus guten Gründen »Colossus« genannten Maschine wurden insgesamt zehn Exemplare gebaut und nach dem Krieg zerstört. Nur eine von ihnen »lebte« ihr geheimes Maschinenleben bis 1960 weiter, zusammen mit einer von vier deutschen Lorenz-Schlüsselmaschinen (wie man sie jetzt nennen konnte), die den Krieg überlebt hatten. Danach wurde auch der letzte »Colossus« ganz zum Verschwinden gebracht: Man kappte alle Leitungen, vernichtete die Schaltpläne und sorgte dafür, dass es keine Hinweise auf die Funktionslogik mehr gab.

Eigentlich blieb von den Colossi nichts anderes übrig als etwas Elektronikschrott. Nicht die geringste Anschlussfähigkeit, keine Assoziation, kaum eine Erinnerung. Denn den beteiligten Entwicklern und Anwendern war strengstens verboten worden, an so etwas wie »Colossus« auch nur zu denken.

Das Allergeheimste unter den verbotenen Gedanken an die Geheimmaschine war jedoch nicht ihr Aufbau, nicht ihre Arbeitsweise und schon gar nicht ihre Hardware. Top secret blieb ihr Verwendungszweck.

Als Brian Randell 1969 nach vielen Jahren die (amerikanische) Computerindustrie verließ, um in Newcastle Professor für ein Fach zu werden, das sich gerade erst Informatik zu nennen begann, musste er eine Antrittsvorlesung schreiben. Sie sollte einigermaßen grundsätzlich, aber doch nützlich werden. Randell suchte nach Vorarbeiten zu dem, was er für den ersten wirklichen Computer der Welt hielt, den EDSAC (Electronic Delay Storage Automatic Calculator) von 1949. Schnell wurde ihm klar, dass seit den Arbeiten von Charles Babbage und Ada Lovelace an mechanischen, programmierbaren Rechnern um die Mitte des 19. Jahrhunderts einiges geleistet worden war. Randell plante deshalb eine Anthologie, mit der sich die Herkunft des digitalen Computers erklären ließ. Möglicherweise tauchten dabei ja auch unbekannte Figuren auf, nicht nur der irische Buchhalter und Rechenmaschinenkonstrukteur Percy Ludgate. Diese Anthologie würde dann für eine zukünftige Wissenschafts- und Technikgeschichte eine klare, verlässliche Materialsammlung hergeben.

Als sich seine Fachkollegen daran störten, dass Alan Turing in der Anthologie nicht vorkommen sollte, blieb Randell stur, obwohl Turings Aufsatz *On Computable Numbers* von 1936 auch für ihn ein theoretischer Meilenstein war. Aber mit Maschinen, die bloß auf Papier existierten, ließ sich nach Ansicht Randells – der selber am Übergang in die papiernen Theoriefelder der Hochschule stand – kein Platz in der Computergeschichte erobern.

Die 1973 erschienene Anthologie enthielt (als Kompromiss) einen kurzen Beitrag über die Maschinen in Bletchley Park. Turing kam dabei am Rande vor. Er habe einer Entwicklergruppe in der Forschungseinrichtung für Telekommunikationstechnik in Malvern geholfen, eine elektromechanische Maschine zu bauen. Sie habe »Heath Robinson« geheißen und 2000 Buchstaben pro Sekunde lesen können. Auch die »Colossi« wurden erwähnt. Turing habe damit nichts zu tun gehabt, schrieb der Kryptologe Donald Michie in seinem sehr verhaltenen, wenn nicht verschlüsselten Beitrag in Randells Sammelband. Die »Colossi« seien in Manchester nach dem Krieg gebaut worden. »Nach dem Krieg«, »Telekommunikation«, »Malvern«, »Manchester«, »Zeichen lesen«. Das waren die Schutzschilder vor dem »Colossus« und vor dem, was in Bletchley Park in Sachen Computerentwicklung und Dechiffrierung gelaufen war.

Alan Turing wurde in den 1970er und 1980er Jahren immer berühmter und mutierte zu einer wissenschaftshistorischen Pop-Ikone. Randell verstand eigentlich nicht, warum dieser enigmatische Computertheoretiker nie einen brauchbaren Rechner gebaut haben sollte. Als Randells Anthologie 1973 erschien, war Turing schon fast zwanzig Jahre tot. Man musste also andere Zeitzeugen ausfindig machen. Zum Beispiel Ethel Sara Turing, die in den 1950er Jahren eine Biografie über ihren Sohn geschrieben hatte und vielleicht wusste, was ihr Alan im Krieg so gemacht hatte. Irgendetwas mit Kommunikation wohl, meinte sie. Randell schrieb in seiner Ratlosigkeit an die Regierung Heath und ersuchte um Akteneinsicht für »Bletchley Park«. Er erhielt die Antwort, dass alles, was mit der Entwicklung eines digitalen Computers während des Krieges in Großbritannien zusammenhänge, noch immer geheim sei.

Sie hatten also tatsächlich bereits im Krieg einen Computer gebaut. In England. Diese Auskunft war bei der Suche nach der computerhistorischen Rolle von Alan Turing das, was für die Rekonstruktion der Lorenz-Maschine das zweimal übertragene Fernschreiben der Wehrmacht vom August 1941 war. Der Ministerpräsident lieferte einen konkreten Hinweis auf eine im Geheimen gebaute und im Geheimen eingesetzte Maschine. Randell wucherte mit dieser Differenz zum bisherigen Wissensstand und begann, bisherige Angaben neu zu lesen, sie anders zu kombinieren, einiges mit schlauen Fragen in Erfahrung zu bringen und danach alles zu systematisieren. Ungestanzte IBM-Lochkarten hatte er noch zuhauf, um seine Notizen in Ordnung zu halten.

Das Ergebnis seiner jahrelangen Recherche stellte Randell 1976 in Los Alamos auf einer der ersten Tagungen zur Computergeschichte vor und ließ die anwesenden Pioniere John Mauchly und Konrad Zuse erbleichen. Alan Turing soll tatsächlich in »Bletchley Park« mit Tommy Flowers zusammengearbeitet haben. Wahrscheinlich hatte er sogar John von Neumann bei dessen Besuch in England einiges über diese Zusammenarbeit berichtet. Am Ende des Vortrags war allen klar, dass Turing einen wesentlichen Beitrag zum Bau des ersten programmierbaren elektronischen Computers geleistet hatte. Die »Colossi« waren zwar nicht universell einsetzbar, aber sie liefen bereits zwei Jahre vor Mauchlys Electronic Numerical Integrator and Computer (ENIAC) von 1946 mit elektronischen Bausteinen und ließen sich, zum Ärger Zuses, mit einem intern gespeicherten Programm betreiben.

Das änderte rein gar nichts an der damaligen US-amerikanischen Dominanz auf den weltweiten Computermärkten. Aber es tat der Turing-Fangemeinde und den britischen Informatikern gut, aus geheimen Spuren einer längst verschwundenen Maschine eine Geschichte rekonstruiert zu haben, die bislang von niemandem so geschrieben und gelesen worden war. Kein Wunder, dass der verschwundene »Colossus« schließlich auch noch materiell rekonstruiert werden musste. 1996 konnte ihn der Colossus-Veteran Tony Sale in der H-Baracke von Bletchley Park, in der ein National Computing Museum eingerichtet worden war, zum ersten Mal laufen lassen.

Sale erlebte das Ende der Rekonstruktionsarbeiten nicht mehr. Der fertige Nachbau wurde 2013 von Brian Randell der Öffentlichkeit vorgeführt. Die Videodokumentation zeigt einen von Rückenschmerzen geplagten alten Professor, der mit viel Schalk und präzisem Erinnerungsvermögen seine Powerpoint-Präsentation vom Laptop abliest. Hinter ihm steht der rekonstruierte »Colossus«, betriebsbereit, vielleicht zur Entschlüsselung einer »Tunny«-Nachricht aus dem Nixdorf-Computermuseum in Deutschland. In der perspektivischen Verkürzung hat man den Eindruck, dass Randell einen gigantischen Koloss auf seinen schwachen Schultern tragen muss.

Der Merkur im Internet: Aktuelle Interventionen und Kommentare, Reaktionen auf Texte in der Druckausgabe, Blicke ins Archiv, Hinweise zu Tagungen und Links zu lesenswerten Artikeln und Essays online, zu finden unter:

www.merkur-zeitschrift.de/blog/

Demnächst:

Michail Schischkin
Der russische Ouroboros

Markus Rieger-Ladich
Privilegien

Hans Peter Bull
Das Gesetz zum Schutz von Whistleblowern